그렇다면
실험실 죽순이가
될 수밖에

그렇다면
실험실 죽순이가
될 수밖에

초판 1쇄 인쇄 2021년 6월 10일
초판 1쇄 발행 2021년 6월 15일

지은이 | 도영실
펴낸이 | 임종관
펴낸곳 | 미래북
본문 디자인 | 디자인 [연:우]
등록 | 제 302-2003-000026호
본사 | 서울특별시 용산구 효창원로 64길 43-6 (효창동 4층)
영업부 | 경기도 고양시 덕양구 화정로 65 한화오벨리스크 1901호
전화 02)738-1227 (대) | 팩스 02)738-1228
이메일 miraebook@hotmail.com

ISBN 979-11-88794-85-0   (03800)

그렇다면
실험실 죽순이가
될 수밖에

하루하루 실패 속에서  나만의 중심을 잡는 법

· 도영실 지음 ·

미래북
miraebook

왜,
'그렇다면 실험실
죽순이가 될 수밖에' 인가?

어렸을 때부터 호기심이 많아 도전하고 싶고 이뤄보고 싶은 꿈이 많은 아이였어요. 그런데 막상 해보고 싶다는 의사를 표현했을 때 격려와 용기를 받기보다는 비난과 두려움 섞인 조언에 지레 겁먹고 포기한 꿈들이 참 많아요. 내 안에서는 '이거 한 번 해보는 게 어때? 솔직히 하고 싶잖아, 가슴 뛰잖아' 하는 목소리가 계속 말을 걸어왔어도 내면의 소리보다는 타인의 비난이 두려워 포기한 일들도 많았습니다. 하지만 실패의 위험을 감수하고 도전했던 일들은 결과와 상관없이 저에게 가슴 벅찬 희망과 용기를 줬어요.

어린 시절에는 '나는 뚱뚱하고, 못생겼고, 공부도 못해'라는 생각에 사로잡혀 무엇 하나 제대로 시도해본 적이 없었어요. 나 자신을 좁은 틀에 가둔 채 상황 탓을 하며 변명하기에만 급급했었어요. 그러다 더 넓은 세상을 경험하고 싶다는 바람으로 영국에 교환학생을 가게 됐고, 각국에서 온 친구들을 만나면서 차츰 생각에 변화가 찾아왔어요. 방학 때는 호주와 미국에서 봉사활동을 하고, 아르바이트를 해서 번 돈으로 세계여행을 할 거라는 친구들의 이야기를 들었을 때 온몸이 충격으로 얼어버렸어요. '왜 나는 저런 생각을 못 했을까? 왜 우물 안 개구리처럼 안정적인 것에만 매달렸을까?' 그때, 미래를 좀 더 멀리 바라보자는 생각을 하게 됐습니다.

교환학생으로 두 학기를 보내면서 처음에는 영국식 억양에 적응하지 못해서 성적이 좋지 않았어요. B, C가 수두룩한 성적표를 보고 큰일 났다 싶었습니다. 처음으로 젖 먹던 힘까지 끌어모아 공부를 시작했어요. 벼락치기로 하는 공부 말고 자발적으로 알아보고, 파고드는 공부는 처음이었어요. 2학기 때는 모든 수업을 녹음해서 복습하고, 새벽에 일어나 수업내용을 다시 새로 필기해보며 공부를 했습니다.

그러자 2학기 때 전공과목 시험에서 거의 만점에 가까운 점수를 받았습니다. '내가 영국에서 1등을 하다니 이런 기적이 일어날 수가!' 그때 알게 됐어요. 그동안 공부를 제대로 하지 않았다는 걸요. 공부도 마치 자전거 타기와 같은 것이었어요. 누구나 방법을 배워서 하면 할 수 있는 것이었어요. 그렇게 새로운 환경에 적응해 나가기 시작했습니다.

다양한 문화권에서 온 친구들을 만나면서 세상에 정해진 법칙은 없으며, 삶의 방식에 정답은 없다는 것을 알게 됐어요. 나라는 사람에게 '뚱뚱하고 공부 못해' 같은 영원불변의 법칙이 있는 것이 아니었어요. 내가 변하기로 마음먹고 필요한 노력을 한다면, 얼마든지 원하는 방향으로 변화할 수 있었습니다. 이후부터는 대학원에 진학하기로 결심하고 학점을 갈아엎기 위해 궁둥이에 땀띠가 나도록 도서관 죽순이 생활을 했어요.

3학년 가을학기에는 극도의 외로움에 몸부림치며 나뒹구는 낙엽을 보다가 눈물을 질질 짜곤 했지요. 기말고사고 나발이고 당장 소개팅이나 하러 가고 싶더라고요. 다정히 팔짱을 끼고 캠퍼스를 누비는 커플들을 볼 때면 질투로 속이 부글부글 끓어오르기도 했습니다. 인고의 시간을 견디고, 기적적으로 학점 리모델링에 성공해서 드디어 포항공대 화학과 대학원에 합격했습니다.

대학원에 입학하고 처음으로 인생 최저무게를 찍던 시절, 테니스 코치님으로부터 미스코리아에 나가볼 생각 없냐는 추천을 듣기도 했어요. 이제부터는 장밋빛 인생이 펼쳐질 것만 같았습니다. 하지만 대학원 생활을 하면서 생애 첫 위기를 맞게 됩니다.

실력, 체력, 눈치가 전혀 없었던 저는 하루하루가 힘겹고 막막했습니다. 갈팡질팡 대학원 생활을 어떻게 돌파했는지, 그 과정을 통해서 무엇을 보고 배웠는지를 독자 여러분과 나누고 싶습니다. 시련과 좌절을 겪을 때 외롭고 힘든 그 마음을 누구보다 잘 알고 있기에, 제 경험이 누군가에게 조금이라도 위로와 희망의 씨앗이 되어줄 수 있기를 바라며 용기를 내봅니다.

2021년 5월
도영실

[PART 3]

나의 가능성과 한계를 냉정히 받아들이다
– 내 실력이 여기까지라면, 1년 뒤 보따리를 쌀 수밖에

[PART 4]

도망칠 수도, 도망칠 곳도 없다
– 집착을 놓아버리자 기회가 찾아오다

[PART 7]

단단한 마음
– 실패는 없다! 되어가는 과정만 있을 뿐

PART 1

이러려고 엉덩이에 땀띠 나도록
학점 리모델링했나?

– 어서와, 포항공대 대학원은 처음이지?

내가 자대생이 아니라서 무시당하나?
타대생이라서 출발부터 경쟁력이 없는 건가?
어떻게 해서든 그 한계를 극복하고 싶었다.

자신 없는데
또 깨지면 어쩌지

나는 내면에 깊숙이 비난받는 것에 대한 두려움과 자신감 부족의 공포가 뿌리내려 있었다. 그래도 어렸을 때나 대학원 생활을 할 때만 해도 '할 수 있어!'라는 마음가짐이 있었는데, 회사생활을 겪어오면서 그것이 점차 '도저히 불가능해!' '힘들어, 더는 못 해!'로 변해갔다.

대학원에서는 100이면 100이라는 노력을 쏟아부을 수가 있었고, 내 필요에 따라 주말이나 휴일에도 문제 해결에 시간과 에너지를 활용할 수도 있었다. 마치 개인택시 기사님처럼 원한다면 더 노력해볼 수 있었다. 하지만 직장생활은 차원이 달랐다. 나는 여러 부서에서 수많은 사람이 맞물려 돌아가는 대기업 연구소에서 일했다. 각 팀과 부서가 하는 일이 명확히 구분돼 있고, 하나의 큰 프로젝트를 함께 진행하는 거대 조직인 만큼, 이미 정해진 틀과 조건이 매우 견고했다. 그건 절대 안 되고, 예전에 당신 같은 사람 누군가가 시도해본 적이 있으나 결과는 무의미했다는 피드백을 자주 들었다. 특히 신입 사원 때는 매번 잘해보려고 용을 썼지만, 힘이 너무 들어가서인지 자주 엇박자가 났다. 회사와 조직에 대한 이해와 적응보다 의욕이 앞섰다. 무엇이 문제인지 파악하지 못한 채, 나는 점점 '또 잘 안되려나?' '어차피 해봤자 안될 텐데'라는 생각으로 굳게 입을 닫아버렸다.

물론 그 와중에도 끊임없이 아이디어를 제안하고 아무렇지 않게 의견을 펼치는 사람도 있었다. 상대방의 비난이나 거절에도, 무시하는 듯한 말과 표정에도 심지어 온화한 표정을 잃지 않는, 멘탈갑의 사람들이었다.

그들을 보면서 나는 의구심이 들었다. 진정 저들은 아무렇지 않은 것인가? 속은 문드러지는데 겉으로만 태연한 척 웃고 있는 것 아닌가? 아니면 날 적부터 성자님과 같은 심성을 타고 났나? 어쩌면 혹독한 트레이닝이라도 따로 받은 걸까? 그럼 도대체 나는 왜 이토록 견디기 힘든 것일까? 마치 넘어져 까진 무르팍에 마늘 편이라도 문지르듯 아리고 따가웠다. 나라는 존재 자체를 거절당하고 부정당한다는 느낌이 나를 괴롭혔다.

그래도 모두가 그러하듯 일단 나도 참아보기로 했다. 상대를 바꿀 순 없으니 내 마음을 바꿔보기로 했다. 먼저 왜 그토록 상대의 감정 변화에 민감하고 눈치를 보는지, 이 증상은 나의 어디에서 비롯하는 건지 들여다볼 필요가 있었다. 상대방의 반응을 민감하게 받아들이는 탓에, 감정소모가 너무 심해서 오후 3~4시만 돼도 에너지가 방전됐다. 그런 상태에서 일을 계속하다 보니 편두통은 말할 것도 없고, 소화불량과 불면증에 시달렸다. 지갑 속에는 항상 타이레놀 두통약을 넣어 다녔다.

두통이 심한 날은 눈알이 빠질 것만 같은 통증과 근육통도 동반되었다. 통증도 통증이지만 마음에도 학습된 무기력이 자리 잡아 의욕이 하나도 없었다.

어느 날 심장이 조여오는 듯한 통증이 찾아왔고 생전 처음 몸과 마음의 추락을 경험했다. 그리고 내내 모른 척하려고 애썼던 생각들이 물밀듯이 밀려들었다. 어쩌면 이 일이 나와 맞지 않는지도 몰라, 애당초 첫발을 잘못 내딛은 건 아닐까, 하는 자괴감도 들었다. 이러지도 저러지도 못한 채 막막함과 무기력에 사로잡혀, 신체적으로나 정신적으로나 고갈된 상태인, 번아

웃 증후군에 시달렸던 것이다.

　아침에 출근해서 수십 통의 메일을 해치워도 뒤돌아서면 또 산더미처럼 처리해야 하는 일이 쌓여만 갔다. 뫼비우스의 띠와 같이 무한히 반복되는 발표, 회의, 보고서 사이클은 퇴사를 하지 않으면 벗어날 수 없을 것만 같았다. 당장 내일 회사에 가서 또 똑같은 일을 할 생각만 해도 멀미가 났다. 마치 폭포에서 급류를 타는 것과 같은 이 생활을 과연 얼마나 더 할 수 있을까? 참으면 좋은 날이 올까?

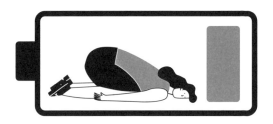

애초에 잘못
선택한 건 아닐까?

나는 어렸을 때부터 덜렁댄다, 조심성이 없다는 말을 자주 듣는 아이였다. 그 타고난 성격은 대학원과 직장을 거치면서 후천적으로 다듬어졌다. 대학원에서는 눈에 레이저라도 장착한 듯한 교수님 앞에서 발표와 면담을 하다 보니, 진짜 레이저라도 맞은 듯 덜렁거리는 성격에도 교정이 일어났다. 한번, 준비가 충분하지 않은 상태에서 발표를 했다가, 쏟아지는 질문 공세에 말문이 막히고 머릿속이 온통 하얗게 돼버린 적이 있었다.

"이건 확인해본 거지?"

"안 해봤는데요……."

내가 생각해도 지나치게 솔직한 대답이었다. 당황해서 적당히 둘러댈 말도 떠오르지 않았다. 그 뒤에 펼쳐진 상황은, 다시 떠올리고 싶지 않을 정도로 처참했다.

세미나 때 선배들이나 교수님이 칼날처럼 날카로운 질문을 할 때에도 스스로도 '아차!' 싶은 생각에 질문에 키가 되는 답을 하지 못했다. 당황한 마음을 진정시키기에도 버거워서 빨개진 얼굴로 그냥 서 있다 들어갔다.

매번 세미나 발표 시간이 되면 오디션 프로그램에 출연이라도 한 것처럼 진땀이 났다. 스스로 머리를 쥐어뜯으며 나란 인간, 진짜 노답이라는 생각도 했다. '죄송한데, 저도 제가 왜 이러는지 모르겠습니다' '잠시만요, 저 다음에 하면 안 될까요?'라는 말이 목구멍까지 차올랐다. 그저 미루고 도망치고만 싶었다.

그런 대학원 왕초보 시절에는 소소하게라도 사고를 치지 않고 넘어가는 날이 없었다. 실험실에서도 예외는 아니었다. 실험실에는 여러 가지 분석기기에, 위험한 고압가스가 물려 돌아간다. 그래서 대학원 1년 차에는 실험 시 주의사항에 대해서 철저히 교육받는다. 선배들로부터 과거 타 실험실에서 일어난 안전사고 이야기를 들을 때면 너무 무서웠다. '혹시라도 내 잘못으로 큰 사고라도 일어나면 어쩌지?'라는 두려움에 휩싸였다.

그러나 나는 기억력이 나빠서 들어도 금방 잊어버리는 습성이 있다. 기기 사용법을 듣고 노트에 분명 필기를 했는데도 혼자 기기를 사용할 때면, 기기가 먹통이 되거나 에러 메시지가 뜨면서 경고음이 울려퍼졌다. 놀란 사람들이 몰려와서는 "지금 뭐하는 거니?" "모니터에 창이 왜 이렇게 많이 떠 있어?" "이걸 잘못 눌렀구만" 하며 한바탕 웃었다.

그때마다 태연한 척, 아무렇지 않은 척했지만 얼굴이 벌겋게 달아오르면서 쥐구멍에 숨고만 싶었다. 기기에 손만 대면 삐! 소리와 함께 에러 메시지가 떠서 민망했다. 이렇게 기초적인 것도 못 배우고, 못 따라가는데 최소 5년은 걸릴 것 같은 대

학원 생활을 제대로 해 나갈 수 있을지 막막했다. 애초에 이공계를 잘못 택한 건 아닐까, 하는 생각도 들었다. 남들은 한 번 듣고도 척척척 기기를 찍고 데이터를 처리하는데, 나는 왜 이러는 건지 서러웠다.

새로운 내용을 배우고 익히는 데 남보다 더 많은 시간이 요구되는 바람에, 차마 "이해가 잘 안 가서요"라는 말을 하지 못한 까닭에, 모두가 퇴근한 야심한 밤에 혼자 실험실에 남아 나머지 공부를 했다. 기기 곳곳을 눌러보다가 삐! 소리가 나면 화들짝 놀라기도 하면서, 이리저리 두들겨보면서 조금씩 방법을 터득해갔다. 하지만 써먹지 않으면 금방 잊어버리는 기억력이라, 노트에 이집트 상형문자처럼 기록해둬야, 다른 사람을 귀찮게 하지 않고 혼자 힘으로 기기를 측정할 수 있었다.

부끄러운 모습을 들키기 싫어서 혼자 나머지 공부를 하는 날이 많았다. 미처 마무리하지 못한 업무는 기숙사에 짊어지고 와서 하기도 했다. 춥고, 피곤하고, 배고팠다. 모든 걸 포기하고 잠이나 실컷 자고 싶었다. 그러다가도 세미나 발표에서 기습 질문을 당했을 때를 떠올리곤, 어떻게 해서라도 다음번에는 질문 세례로 쑤셔놓은 벌집 신세는 되지 말자고 다짐했다.

다들 자기 실험으로 바쁜데, 끊임없이 물어보고 의존하는 민폐 캐릭터에서도 벗어나고 싶었다. 그러려면 보기만 해도 무서운 기기들에 익숙해지고, 다루는 방법도 스스로 터득해야 했다. 또 덤벙거리는 성격을 다듬을 필요가 있었다. 애초에 잘못 선택한 것이라 할지라도 그만두지 않고 이 생활을 계속해 나가기 위해서는 변화가 필요했다. 신중하고 민첩한 사람이 되리라 마음먹었다. 변화 없이는 한 발자국도 나아갈 수 없던 날들이었다.

그들이 1++ 등급이라면
나는······

    실험 기기에 시료를 주입하기 전에는 한동안 용매만 흘려주면서, 혹시라도 남아 있을 수 있는 시료잔여물이나 기타 불순물을 없애주어야 한다. 본격적으로 시료를 측정할 때도 시료가 나타나는 시간보다 여유를 가지고 측정해야 한다. 종종 시차를 두고 예상보다 지연된 시간에 측정되기도 하기 때문이다.

    대학원 1년 차, 이런 상황에 대해 잘 알지 못했던 나는, 시료를 주입한 후에 예상한 시간이 지나도 측정 결과가 나오지 않자, 점점 무식하고도 위험한 발상을 하기 시작했다. '어라? 미반응물질이 측정되지 않은 것으로 보니 반응이 완전히 진행된 건가?' 그다음번 샘플도 찍어보니 그 샘플도 잔여물질이 측정

되지 않았다!

그렇다면 이상하다는 생각을 했어야 하는데, 그때는 '내가 대박을 친 건가?'라며 마음속으로 호들갑을 떨기 시작했다. 무식은 용감하다고 했던가? 주간미팅 시간에 교수님께 보고까지 올린 나였다. 상당히 흥미로운 결과였기 때문에 교수님도 엄청난 관심을 보이셨다. 자대생 출신도 아닌 타 대학 출신이 교수님께 관심을 받다니? 뭔가 뿌듯하기도 하면서도 한편으로는 두렵기도 했다. '혹시 잘못된 결과면 어쩌지?' 하는 막연한 생각이 그제야 들었던 것이다.

주간미팅을 마치고 다시 실험결과를 확인하기 위해 혼자 실험실에 남아 데이터를 기다리고 있었다. 아무도 없으니 눈치 보지 않고 느긋하게 기기를 사용할 수 있었다. 춥고 피곤했지만 마음은 편했다. 수업 스케줄과 실험실 공통 업무를 병행하며 실험을 할 때보다 온전히 집중할 수 있어서 좋았다.

그렇게 느긋한 마음으로 앉아 있으니 시간이 얼마나 흘렀는지 인지하지 못하고 있었다. '어? 벌써 시간이 이렇게 됐네' 하며 결과를 확인하니 아까와 같았다. 이전 화면으로 돌아가려는데, 갑자기 엄청난 피크가 나타나기 시작했다. 기기 컬럼관에 잔여하고 있던 시료물질들이 한꺼번에 쏟아져 나오고 있었다.

이전 실험에서의 잔여시료가 좀 더 지연되어 나오고 있었던 것이다. 시료를 남김없이 토해낸 컬럼관은 그제야 속이 다 시원했을 것이다. 산더미처럼 쏟아지는 시료를 멍하니 바라보며, '아, 내가 무슨 짓을 한 거지?' 나는 할 말을 잃었다.

좀 더 기다려볼 생각은 하지 않고, '성급하게 시료가 없네? 그럼 반응이 완결된 거네?' 내 멋대로 무식한 해석에 도달하고, 그걸 그래프까지 그려서 교수님께 보고했던 것이다. 순간 속이 메스꺼워지면서 토할 것 같았다. 나는 교수님께 잘못된 실험결과를 보고하고 교수님을 한껏 들뜨게 만들었다. 실험결과가 고무적일수록 몇 번 더 검증을 거친 다음에, 꼼꼼하게 따져보고 얘기드려도 좋았을 것을!

시계바늘이 새벽을 향해 똑깍똑깍 흐르고 있었지만 나는 그 적막 속에 그대로 얼어붙고 말았다. 이걸 어떻게 보고하지? 내가 봐도 정말 말도 안 되는 실수를 저지른 것이다. 그날 밤, 정말 내가 너무 싫었다. 어떻게 이런 초보적인 실수를 저지를 수 있는 거지? 그때 내 솔직한 마음이 보였다. 타 대학에서 왔다는 열등감이 마음 밑바탕에 깔려 있었던 것이다. 뭐랄까? 자대생이 1++ 투뿔 등심 한우라면 타대생인 나는 그 아래 등급 한우가 된 느낌이었다. 출신 학교 서열로 줄을 세운다면 아마도 나는 뒷줄일 것 같았다.

입학을 했으면 어찌 됐든 이제부터는 실험 데이터와 논문으로 실력을 쌓아가자, 하는 긍정적인 생각은 나지 않았다. '내가 자대생이 아니라서 무시당하나?' '나는 타대생이라서 출발부터 경쟁력이 없는 건가?' 하는 생각부터 들었던 터라 어떻게 해서든 그 한계를 극복하고 싶었다. 거기에 인정받고 싶다는 조급한 마음이 더해지자, 이런 잘못된 결과가 나온 것이다. 이 사실을 어떻게 교수님께 보고할 것인가…….

무식하되,
용감하지는 말아야

　상황을 어찌 수습해야 할지 막막했다. 멍하니 모니터만 바라보았다. 머리가 돌처럼 굳어버려서 아무 생각도 떠오르지 않았다. 부끄러웠다. 왜 신중하게 굴지 못한 거야. 다시는, 절대로, 설레발치지 않겠다고 다짐했다. 실험결과가 긍정적일수록 몇 번을 더 확인하고, 보수적인 자세로 결과를 해석하겠노라 되새겼다. 어느 정도 시간이 지나고 패닉에서 벗어난 나는, 하루빨리 교수님께 이실직고 해야겠다는 생각이 들었다. 어서 빨리 자수해서 광명을 찾고 싶었다.

　시계를 보니 자정이 훌쩍 지나 있었다. 실험실 정리를 하고, 가방을 울러메고, 실험실 문을 나서는데 온몸에 힘이 쫙 빠졌다. 어두컴컴한 계단을 내려올 때 초록색 비상구 EXIT 표시등이 환히 빛났다. 거기 뛰쳐나가는 사람의 모습처럼 대학원에서 탈출하고 싶어졌다.

터덜터덜 기숙사로 걸어가는 길에 그날 따라 밤하늘에는 별 하나 보이지 않고 구름만 잔뜩 드리워져 있었다. 기숙사로 들어가 잠이나 잘까 하다가 심란한 마음에 잠이 오지 않을 것 같았다. 매점에 가서 한참을 고르고 고른 게 불가리스 한 병이었다. 긴장하고 피곤한 상태였는데 불가리스 한 모금을 하고 나니 돌처럼 굳어 있던 머리가 조금씩 가동되기 시작했다.

"어쩌긴 뭘 어째, 그냥 내일 출근하자마자 교수님한테 사실대로 이야기하자."

변명할 생각하지 말고, 있는 그대로 솔직하게 말씀드리기로 마음먹었다. 그러자 마음이 조금 편안해졌다.

그리고 다음 날, 아침부터 교수님이 출근하시기를 기다리고 있었다. 평상시에는 교수님이랑 마주치는 게 불편해서 교수님이 나타나시면 은근히 '말 시키지 말아주세요' 모드로 실험에 집중하는 척했다. 그날은 실험실 문이 열릴 때마다 '교수님인가?' 고개가 돌아갔다.

점심 시간이 훌쩍 지나 드디어 교수님이 실험실에 오셨다.

선배들과 연구토론을 끝내셨을 때 드릴 말씀이 있다고 교수님 오피스에 찾아갔다.

"교수님, 지난번 보고드린 결과는 다시 측정해보니 재현이 되지 않습니다. 저의 미숙함으로 결과를 잘못 해석했던 것이었습니다. 죄송합니다."

욕이라도 하시면 어쩌나, 귀라도 틀어막아야 하나, 온갖 상상을 하며 교수님의 대답을 기다렸다.

"뭐? 어쩐지, 그게 그렇게 쉽게 될 리가 없지. 다음에는 좀 더 자세히 들여다보도록 하게. 다른 기기도 같이 찍어보면 더 정확해. 알았어, 이만 가봐."

엄청 혼날 거라고 생각했는데, 교수님은 오히려 약간 실망한 표정만 지으실 뿐이었다. 죄송했다. 들뜬 상태에서 성급하게 보고한 대가는 허탈감이었다. 기분이 가라앉았지만 실험실에서는 아무렇지 않은 척했다. 하지만 저녁이 되자 도무지 일이 손에 잡히지 않았다. 컨디션이 안 좋다고 선배들에게 이야기하고 일찍 퇴근했다. 그건 그거대로 눈치가 엄청 보였지만 혼자만의 시간이 필요했다.

앞으로는 바쁜 오전 수업 때는 아슬아슬하게 실험하지 않기로 다짐했다. 주말에 밤 늦게 퇴근하는 한이 있더라도 실험은 느긋하게 진행하기로 다짐했다. 좋은 결과든 나쁜 결과든 결과 보고를 할 때는 신중하게 팩트만을 보고하기로 다짐했다.

잘못된 실험결과를 수습하기까지 참으로 민망한 과정을 거쳤다. 1등급 한우 신세를 만회해보려고 조급했던 지난날의 내 모습이 스쳐 지나갔다. 다시는 이런 과정을 반복하고 싶지 않았다. 무식할지언정 용감하지는 말아야 했다. 1등급밖에 안 된다며 발버둥치기보다는 1등급으로 할 수 있는 일에 집중하기로 했다. 1등급만이 할 수 있는 일이 분명 있을 테니 말이다.

너만 늦었다는 거
잊지마, 너만

　빡빡한 일정을 소화하며 새로운 환경에 적응하느라 온종일 긴장과 실수, 자괴감의 롤러코스터를 타던 1년 차의 어느 날, 실험실 선배들과 회식이 있었다. 학교 안 통나무집에서 1차로 훈제오리, 모듬튀김, 맥주 2만 세트를 먹고 시장 쪽으로 2차를 갔다. 투다리에서 김치우동과 소주, 3차로 사장님이 통기타를 연주하는 여우하품에 가서 거봉 포도주를 마신 후에야 회식이 마무리됐다.

　다음 날 눈을 뜨니 맥주, 소주, 포도주 초강력 3단 콤보 숙취에 머리가 뱅글뱅글 돌았다. 오늘이 무슨 요일인지 기억도 없

었다. 간신히 손을 뻗어 핸드폰을 찾았는데, 전원이 꺼져 있었다. '지금 몇 시지?' 갑자기 쎄한 느낌이 들었다. 나는 항상 아침 7시에 알람을 맞춰놓는데, 배터리가 나갔으니 울렸을 리가 없었다. 충전기를 찾아 헤매는 손이 다급해졌다. 달달 다리를 떨며 핸드폰이 켜지기를 기다리는데 점점 정신이 돌아왔다. '맞다, 오늘 토요일이지. 오늘 9시에 랩세미나 있는데!'

반짝, 드디어 전원이 켜졌다. 불길한 예감은 왜 틀리지 않는 건지 오늘은 토요일이 맞았다. 고로 랩세미나는 여느 때와 다름없이 9시 정각에 시작했을 것이었다.

현재 시간은 10시 10분, 시간을 확인하자마자 침대에서 몸이 용수철처럼 튀어 올랐다. 잡히는 대로 옷을 주섬주섬 입고, 운동화를 신고, 세미나실을 향해 전력 질주했다. 숙취로 땅바닥과 가까워졌다, 멀어졌다를 반복하며 계단을 오르는데 꼭 에베레스트처럼 느껴졌다. 끝도 없는 계단!

간신히 세미나실에 도착한 뒤에는 고개를 푹 숙이고 들어가 살며시 자리에 앉았다. 뛰어오느라 숨이 턱까지 차서 아무리 조용히 숨을 쉬려고 해도 마음대로 되지 않았다. 헥헥거리는 소리에 사람들이 한 번씩 두리번거리며 나를 봤다. 모자를 푹 눌러쓰고 있었는데도 나를 향한 시선이 느껴져 고개가 자꾸만 수그러들었다.

조금 진정된 후에는 조용히 세미나를 들으며 핸드폰을 확인해보았다. 부재중 전화만 20통이 넘었다. 선배, 후배, 동기 누구라고 할 것 없이 너도나도 전화를 걸었다. '하, 내가 또 무슨 짓을 한 거지. 또 사고쳤네……' 하고 있던 사이, 세미나가 끝났다. 다 같이 점심을 먹고 실험실에 돌아오는 길에 한 선배가 나를 불렀다.

"잠깐 이야기 좀 하자."

올 것이 왔구나 싶었다. 나는 조용히 선배를 따라갔다.

"랩세미나는 교수님과 실험실 사람들이 연구성과를 발표하고, 공유하는 가장 중요한 자리야. 기본 중에 기본이라고. 가장 기본적인 걸 지키지 못한다면 어떻게 되겠어. 그게 결국 너라는 사람의 이미지로 굳어지면 진짜 큰 손해야. 어제 회식한 사람들 중에 너만 늦었다는 거 잊지마. 일어나지 못할 것 같으면 밤을 새워서라도 약속을 지키는 게 중요해."

선배의 말이 100번 옳기 때문에, 내가 100번 잘못한 일이었기 때문에 '죄송합니다'라는 말밖에 할 수 없었다. 선배의 이야기가 끝나고 기숙사로 돌아가는데, 혼자가 되자 콧등이 뜨거워지면서 울음이 나올 것 같았다. 울지 않으려고 두 손을 쥐어뜯으며 애를 쓰다가, 기숙사에 거의 다 왔을 무렵에 눈물을 쏟아냈다.

사실 술 마시던 날 시험이 있었다. 전날 공부하느라 밤을 꼴딱 새워 시험을 치고, 무척 피곤해서 얼른 기숙사에 들어가 쉬고 싶었다. 머리가 지끈거리고 눈이 뻑뻑했다. 시험도 끝났으니 기분 좋게 술 한잔하러 가자는 선배들의 말에 마음 같아서는 '죄송합니다' 하고 쉬고 싶었다. 하지만 다 같이 가는데 나 혼자만 개인 행동할 순 없었다. 그렇게 나는 체력이 배터리 한 칸 남은, 간당간당한 상태에서 3차까지 회식을 갔던 것이다.

무척 피곤한 상태에서 맥주, 소주, 포도주 주종을 바꿔 먹기까지 했으니 어떻게 기숙사까지 온 건지 기억도 잘 나지 않았다.

방에 들어오자마자 핸드폰 전원을 확인할 정신도 없이 바로 곯아떨어졌다. 지금 돌이켜 생각해보면 컨디션이 안 좋으니 1차만 참석하고 그만 들어가보겠다고 했어도 문제없었을 것이다.

하지만 1차로 통나무집에서 시원한 맥주와 맛있는 훈제오리를 먹다 보니 피로감이 싹 가신 듯한 착각이 들었던 것이다. 거기서 멈췄어야 했다. 실험실 사람들이 필 받아서 '2차 가자, 귀귀' 할 때 '전 이만 가보겠습니다'라고 했어야 했다.

"나도 사실 어제 회식 가기 싫었단 말이야. 핸드폰 배터리만 나가지 않았어도…….'

하루가 멀다 하고 사고를 치는 내 자신이 너무 한심스러웠다. 자기관리도 형편없고, 시간 약속도 안 지킨다는 이미지가 생긴 것 같았다. 이걸 어떻게 만회하지? 이미 돌이킬 수 없는 건 아닐까? 하염없이 눈물만 흘러내렸다. 그냥 아무도 없는 데서 혼자 실컷, 목 놓아 울고만 싶었다.

자 진짜 힘든갑다,
저러는 거 처음 본다

    한바탕 눈물을 쏟고 있는데, 전화벨이 울렸다. 아, 맞다. 오늘은 중학교 친구들이 포항에 오기로 한 날이었다. 깜빡 잊고 있었다.

    "어디고? 지금 학교 정문 다 와간다. 어디로 갈까?"

    학생식당 앞에서 보자고 하고 얼른 발걸음을 재촉했다. 전날 3차까지 족히 2만 칼로리는 넘고도 남을 안주와 주류 3종을 섭취한 여파로 손가락이 소시지처럼 퉁퉁 불어 있었다. 바지도 주먹 하나 들어가는 넉넉한 사이즈였는데, 허벅지가 꽉 끼고 복부 쪽에서 지퍼의 압박이 느껴졌다.

    펑펑 울어서 짭조름한 눈물 콧물 범벅이 되어서인지 얼굴이 따끔거렸다. 몹시 더운 날이었는데 한기도 느껴졌다. 그때 멀리서 택시 한 대가 들어오는 게 보였다. 학생식당 앞에 선 택시에서 친구들이 우르르 내렸다.

"야, 여기가 포항공대가? 니 살아 있었나?"

친구들의 얼굴을 보자 온몸의 긴장이 풀려서 다리가 후들거리더니, 팍 터지듯 울음이 터져 나왔다.

"내 더 이상은 못해 먹겠데이."

당황한 친구들이 나를 안아주며 "야 와이카노, 먼 일 있나? 누가 때렸나?" 이것저것 물었다.

"아이다, 너거들 얼굴 보니까 반가워서 넋두리한기다. 밥이나 먹으러 가자."

학생식당에서 밥을 먹은 뒤 고기랑, 과자랑, 먹을 것을 한 보따리 사서 호미곶에 예약해둔 펜션으로 이동했다.

그 당시 호미곶은 TV 드라마 촬영지로 유명한 곳이었다. 오랜만에 푸른 바다와 시원한 파도를 보니 가슴이 탁 트이고 살 것 같았다. 머리에 꽃도 꽂고, 아무 생각 없이 웃고 떠들다 보니 시간이 어떻게 가는 줄도 몰랐다. 막힘없이 펼쳐진 쪽빛 동해 바다 풍경에 속이 뻥 뚫렸다. 짭짤한 바닷바람이 근심과 걱정을 씻어주는 것만 같았다.

내 표정이 밝아지자 친구들이 스리슬쩍 물었다.

"아까 왜 울었노, 이야기 함 해봐라."

"여기 온 뒤로 뭐 하나 제대로 하는 게 없고, 만날 사고만 친다. 내만 어리버리하다."

"뭐라하노, 대학원에 아무나 가나? 갈 만하니까 갔지. 적응하느라고 야가 많이 힘든가보네."

평소에는 장난기 가득한 친구들인데 그날은 웃음기를 싹 빼고 진지하게 나를 걱정해줬다. 숙소로 돌아와 삼겹살도 굽고, 모처럼 맛있는 저녁을 먹자 긴장이 풀렸던 나는 금방 곯아떨어졌다. 오랜만에 친구들이 포항까지 얼굴 보러 와줬는데 전날밤을 샌 여파로 "미안, 먼저 잘게!" 하고 기절해버렸다.

잠결에 친구들이 두런두런 떠드는 소리가 들렸다.

"자 저러는 거 첨 봤다, 깜짝 놀랐다……."

친구들과 즐거웠던 호미곶 1박 2일 여행은 빛의 속도로 지나갔다. 헤어지기 전 포항 시내 미스터피자에서 피자 먹방으로 여행을 마무리했다.

"니 피자 얼마만에 먹노? 마이 무라."

군대에서 휴가 나왔다가 복귀 시간을 앞둔 이등병이 된 것같았다. 친구들과 농담을 주고받다가 이제 정말 헤어질 시간이되자 울렁증이 일었다. 그래도 밝은 목소리로 인사하고, 학교로 들어가는 버스를 타기 위해 정류장으로 향했다. 조금 있으니 버스가 왔는데 차마 타지 못했다. 그렇게 몇 대를 보내고 해가 지고 컴컴해진 뒤에야 학교에 도착했다. 기숙사로 발길이 떨어지지 않아 학교 안 연못을 몇 바퀴나 돌았다.

내일 또 아무렇지 않게 출근해야 하는데 그럴 수 있을까? '랩세미나에 혼자만 늦은 애'라는 이미지를 앞으로 만회할 수 있을까? 막막했다. 이제 막 시작하는 출발지점에서 혼자만 한참 뒤처진 기분이었다. 남들은 열심히 앞을 향해 달려가는데 나만 혼자 발이 묶인 것 같았다.

그런 착잡한 마음을 안고 연못 앞 벤치에 한참을 멍하니 앉아 있었다. 하도 오래 앉아 있어 엉덩이에 쥐가 나려던 참에, 문득 이런 생각이 들었다. 남들보다 뒤처져 있다면 속도를 더 내는 수밖에 없다. 남들이 쉬는 날에도 나가서 하다 보면 남들 근처에는 가지 않을까.

그렇게 이미 엎질러진 물을 온전히 받아들이기로 하자, 마음이 안정되기 시작했다. 일찍 자고 일찍 출근하자. 내일은 내일의 해가 뜬다 하지 않았던가? 기숙사로 얼른 뛰어들어갔다.

PART 2

난 누구? 여긴 또 어디?

– 민폐 덩어리 노답! 1년 차 대학원생의 방황일기

토끼처럼 내달려도 부족한 마당에 속이 터지지만,
거북이처럼 엉금엉금 기어서라도 갈 수밖에!

스스로에게 불평을 늘어놓는다고 해서 달라지는 건 없었다.
다만 엉금엉금 기어서 결승전까지 갈 수 있을까,
그것을 고민해야 했다.

무슨 일이 있어도
9시 전에 출근

이미 엎질러진 물은 주워 담을 수 없다. 지각생 이미지를 만회하기 위해서 무슨 일이 있어도 일찍 출근하기로 다짐했다. 성실한 모습을 보여주고 싶었다. 예전에 교수님이 미국에서 성공한 조교수들의 성공비법을 알려주신 적이 있다. 새벽 4시 반, 그들은 아무도 출근하지 않은 시간에 출근해 하루일과를 앞서 시작한다는 것이었다. 나도 일찍 출근해보자 다짐했는데, 솔직히 새벽 4시 반은 넘사벽의 시간이었다. 괜히 욕심내서 작심삼일 포기하기보다는, 꾸준히 실천하면서 5분씩 앞당겨 출근하는 전략을 세웠다.

연못 주위를 돌던 그날 밤, 엎질러진 물을 주워 담을 수는 없지만 더 나빠지지 않을 방법은 있다고 생각했다. 무슨 일이 있어도 9시 전에는 출근하는 것을 나의 대학원 생활 제 1원칙으로 정했다. 그렇게 전날 밤을 새더라도 9시에는 출근해서 하루 일과를 훑어보고, 마음의 여유를 가지고 아침을 시작했다. 알람이 울리면 용수철처럼 침대에서 일어났다.

　　1년 차에 나는 3인 1실 기숙사에 머물렀는데, 생물과 여자 선배들과 함께 지냈다. 철제로 된 2층 침대와 1인 침대 중에서 2층 침대의 2층이 나의 보금자리였다. 아침에는 새벽까지 실험하고 온 방순이(룸메이트의 애칭) 언니들이 자고 있어서 알람이 울리면 번개처럼 빨리 꺼야 했다. 진동으로 해놓았다가는 듣지 못하고 늦잠을 잘까봐 소리로 해놓고 알람이 울리면 즉시 껐다. 형광등 불을 켤 수 없어 2층에서 조심조심 발을 디디며 내려오면 철제 침대에서 삐걱삐걱 소리가 났다.
　　어떤 날은 잘못 발을 디뎌서 바닥에 떨어진 적도 있었다. 쿵! 굉음과 함께 방 안에 진동이 울리는 바람에 선배들이 깜짝 놀라 깨서 "무슨 일이야? 괜찮아? 다친 데 없어?"라고 물어보기도 했다. 방순이 언니들의 단잠을 깨워버렸다는 미안한 마음에 아픈 것도 꾹 참았다.

또 2층 침대에서 자면서 본의 아니게 민폐 끼치는 일이 있었다. 다리가 긴 편은 아닌데 자다가 돌아눕다 보면 나도 모르게 천장을 찰 때가 있었다. 그 소리가 또 그렇게 묵직한 굉음을 내곤 했다. 유난히 더웠던 여름날, 자다가 나도 모르게 이불을 발로 차 던지다가 천장을 향해 힘껏 발길질을 했다. 그런데 어찌나 세게 찼는지 발에 전기가 오르고 엄청 아팠다. 비명을 지를 수도 없어서 그저 이를 악물고 참았더랬다.

유독 일찍 일어나는 날은 학생식당에서 아침을 먹고 출근했다. 가끔 한식 대신 시리얼이랑 우유를 적신 프렌치토스트가 오뚜기수프와 함께 나왔다. 콩나물국이랑 김치로 아침을 먹다가 프렌치토스트에 딸기잼을 발라 먹으니 호텔 조식이 부럽지 않았다. 어떤 날은 모닝빵이 나오기도 했는데, 비행기 기내식이 생각나서 참 좋았다. 해외여행에 갈 때나 경험하는 그 기분을 모닝빵 하나로도 맛볼 수 있어 유난히 기분 좋아지는 아침이었다.

그렇게 학생식당 조식을 먹고 실험실로 출근할 때 약간 차가운 이른 아침의 공기가 좋았다. 학교가 산 밑에 있어서 유난히 공기가 더 맑았다. 사람도 거의 없어서 마치 산 속에 있는 사찰을 거닐 때 같다는 생각이 들기도 했다. 아침 일찍 하루를 시작하는 자의 여유랄까? 그런 날은 무슨 일이 생겨도 잘 해낼 수 있을 것 같았다.

　무슨 일이 있어도 아침 9시 이전에 출근하자는 원칙이 여유 있게 하루를 열어주는 루틴이 돼주었다. 그 루틴을 통해 힘을 얻고, 마음속에도 점점 여유가 싹트면서 다시 대학원 생활에 적응할 수 있었다.

나날이 몸무게가 불어난다

　빡빡한 오전 수업을 마친 후에 점심을 먹고 나면 긴장이 풀려서 식곤증이 찾아온다. 그렇게 졸리고 당 떨어질 때는, 자판기에서 레쓰비 커피를 뽑아 먹었다. 가격은 200원. 춥고 배고픈 대학원생에게 레쓰비는 신이 내린 음료였다. 파란색 캔을 뽑아 한 모금 마시면 달달해서 당도 충전되고 카페인도 섭취된다. 정신도 번쩍 들고 힘이 솟아난다.

　나른한 오후 시간을 캔커피로 버티고 저녁에 학생식당에서 밥을 먹은 뒤에는, 종아리에 모래주머니를 찬 것처럼 몸이 천근만근이었다. 바로 실험실로 올라가려니 발이 떨어지질 않았다. 그럴 때는 실험실 사람들과 자판기 앞 탁자에 둘러앉아 고단한 몸과 마음을 달래곤 했다. 자판기에 천 원짜리 지폐 두 장을 넣고 음료 버튼에 빨간불이 들어오면 '오늘은 뭐 먹지?' 행복한 고민에 빠졌다. 그야말로 소확행이었다.

어제는 솔의눈, 오늘은 코코팜. 그렇게 자판기 음료로 목을 축여가며 누가 누가 교수님한테 쎄게 혼났는지, 어디까지 레이저 눈빛을 보았는지 이야기를 주고받곤 했다. 그러다가 실험실로 올라가서 하던 일을 마저 하다가 밤 9시, 10시가 되면, 어느새 나도 모르게 자판기로 향했다.

그 무렵의 나는 캔음료에 중독돼 있었다. 레쓰비 커피 하나에 액상과당이 그렇게 많이 들어가 있는지 그때는 몰랐다. 저녁 먹은 게 소화가 잘 되지 않을 때도 어김없이 자판기로 달려가 사이다를 뽑아 마셨다. 아무리 속이 안 좋아도 사이다를 한 모금 마시고 시원하게 트림을 하고 나면 체증이 확 내려갔다. 그렇게 자판기 캔음료를 물 마시듯이 마셔댔다.

학생식당 밥은 찐밥이라 배가 금방 꺼진다. 밤 9시만 되면 배가 고팠다. 허기진 날에는 매점에서 냉동만두를 사다가 전자레인지에 데워 먹었다. 냉동만두는 맛도 있지만 참 든든해서 맘에 들었다. 어떤 날은 컵라면 면발로 출출함을 달랬다. 어떤 날은 고심 끝에 단백질이 풍부한 구운계란을 섭취했다. 밤 12

시가 지나면 매점이 문을 닫기 때문에 배고플 때를 대비해 기숙사 책상에 비상식량을 구비해두곤 했다.

택시를 타고 학교를 벗어나 회식도 자주 했다. 삼겹살, 피자, 짜장면, 칼국수 등 종목을 가리지 않고 참 많이도 먹으러 다녔다. 스트레스를 많이 받는 대학원생에게 유일한 낙은 먹는 것뿐이었다. 학교 밖에 나가서 저녁을 먹고 실험실로 컴백할 때는 또 그렇게 우울했다. 새로운 식당이 오픈했다는 소식이 들리면 꼭 가봤고, 누가 맛있다고 추천하면 무조건 먹어봐야 직성이 풀렸다.

그러던 어느 날, 헐렁했던 청바지를 입고 출근하는데 쫄바지를 입은 듯이 몹시 불편했다. 수업을 듣는다고 앉아 있는데 허벅지에 피가 안 통하는 것 같았다. 신축성이 좋은 바지니까 입다 보면 늘어나겠지 싶었지만 아무리 입어도 늘어나지 않았다. 항상 저녁 늦게 야식이랑 술을 자주 먹었기 때문에 얼굴과 손가락이 호빵처럼 부어 있었다. 그러다가 이틀 후면 또 빠져서 붓기인 줄로만 알았다. 붓기가 살이 되는 줄 몰랐던 것이다.

두 가지 일을 동시에 하는 건 정말 어렵다. 대학원 생활에 적응하고 실수하지 않으려고 온 신경을 쏟다 보니 살이 그만큼 쪘는지 눈치도 채지 못했다. 저녁 시간이 되면 물먹은 솜이불처럼 몸이 무거웠다. 특히 종아리와 발이 자주 퉁퉁 부었다. 불편해서 헐렁한 옷을 자주 입고 큰 사이즈의 운동화를 신다 보니 살이 쪄도 인지하지 못하고 있었다.

하루는 거울을 보는데 한눈에 봐도 살이 엄청 쪘다는 걸 알수 있었다. 대학원에 오기 전 먹고 싶은 걸 꾹 참으면서, 힘들게 운동해서 뺀 살인데 이렇게 도로 아미타불이 되다니. 속상해서 망연자실했다. 나란 사람은 날씬도 하면서 공부도 잘하는 것이 불가능한 사람이란 말인가? 날씬하거나 공부를 잘하거나 둘 중 하나를 선택해야 한단 말인가? 둘 다 가질 수는 없단 말인가!

아직도 모르냐?

    대학원 1년 차에는 곧바로 혼자서 뚝딱 실험할 수 없다. 혼자 실험의 1부터 10까지 진행하기 위해서는 실험방법을 알려주는 사수선배가 필요하다. 나는 랩장선배로부터 실험을 처음 배웠다. 선배는 체력도, 능력도 스페셜했다. 체격부터 대단했는데, 그만큼 힘도 남달라서 다른 실험실에서까지 가스밸브를 열어달라고 부탁할 정도였다. 선배는 새로운 논문을 볼 때도 한번에 엄청나게 많은 양을 프린트해서 읽었다. 얼핏 보기에도 어마어마한 양인데, 선배는 형광펜으로 밑줄을 쳐가며 꼼꼼히 읽어 내려갔다.

    자기가 연구하는 분야에 새로운 논문이 발표되는지 매의 눈으로 지켜보며 연구 트렌드에 대한 감을 잡는 눈도 있었다.

"연구에도 유행이 있기 때문에, 지금 미국이나 유럽의 분야별 리딩그룹에서 핫한 연구주제를 주시하고 벤치마킹할 필요가 있어."

마치 달리는 말을 붙잡고 올라타듯이, 유행하는 연구주제와 비슷한 맥락의 것을 연구테마로 초이스할 수 있는 감각, 그것이 연구의 흥망성쇠를 결정한다고 선배가 일러줬다. 그런 능력 있는 선배가 내 사수였던 것이다.

실험측정 기기 사용법을 배울 때도 선배는 단순히 사용법만을 알려주지 않았다. 이런 기기를 왜 찍는지, 찍고 나서 유추해 볼 수 있는 점들까지 폭넓게 알려줬다. 다른 학과에 있는 기기를 예약해서 찍으러 갈 때도, 나중에 필요할지도 모르니 나도 같이 가서 배워두라고 했다. 귀찮을 법도 한데 의욕적으로 자신이 알고 있는 것을 알려주려고 최선을 다했다.

논문을 검색할 때 효과적으로 키워드를 설정하는 방법이나 논문을 빛의 속도로 꿰뚫어 읽는 방법, 실험노트를 작성하고 마무리하는 방법까지 세세하게 알려줬다. 문제는 내가 그 선배의 높은 열정과 에너지를 따라갈 역량이 부족했다는 것이다.

앞서 말한 것처럼 나는 새로운 것을 배울 때 시간이 오래 걸리고, 뒤늦게 이해하는 편이다. 한마디로 늘 뒷북이요, 좋게 말하면 대기만성형이었다. 선배가 새로운 걸 알려줄 때면 그걸 받아 적고 알아먹느라 매 순간 벅찼다. 알려주는 내용을 한 번 듣고 파악할 만큼 이해력과 기억력이 좋은 편이 아닌 데다가 새롭고 낯선 환경 때문에 긴장까지 한 것이다.

더욱이 연구 관련 용어에 대한 지식이 없는 상태에서 선배의 설명을 들으니 한국말인데도 도무지 알아들을 수가 없었다. 날이면 날마다 선배가 속사포랩을 하듯 빠른 속도로 새로운 것을 보여주고 알려주는데, 배우면 배울수록 의문이 쌓여갔고 자신감은 떨어졌다.

"죄송한데, 이게 무슨 뜻인가요?"

"그건 구글에 두들겨서 찾아봐. 지금은 개괄적인 설명만 듣고 파악하는 게 중요해. 이건 어떻게 하는 건가 하면 말이야. 자, 봐봐. 직접 해보니까 신기하지 않냐?"

그렇게 해맑게 웃고 있는 선배 앞에서 억지웃음만 짓곤 했다.

"제가 처음해봅니다만……"

조심스레 완벽히 이해가 가지 않았다는 것을 어필해보려고 했지만 도대체 어디부터 다시 질문해야 할지도 몰랐다. 소화되지 않은 음식물이 뱃속에 가득 찬 것처럼 머릿속에 이해가 가지 않은 설명들이 둥둥 떠다녔다. 미처 이해를 못했거나 놓쳤던 부분을 소화시킬 시간이 절대적으로 부족했다.

선배가 분명 조금 전에 알려줬던 기기 사용법도 혼자서 해볼 때는 막막하기만 할 뿐 기억나지 않았다. 차마 선배에게 다시 물어보기가 부끄러워서 다른 선배나 동기에게 살짝 물어보다가, 선배가 실험실 문을 열고 들어서면 간이 철렁하기도 했다.

"귀에 못이 박히도록 여러 번 알려줬는데 아직도 모르겠어?"

선배의 팩트폭격 앞에 눈만 껌벅거릴 뿐이었다. 그즈음에는 선배도 이미 나에 대한 파악이 끝난 것 같았다.

스페셜한 랩장선배로부터 다년간 쌓아온 연구지식과 노하우를 모조리 배우고 싶었지만 나의 하드웨어 용량이 부족한 탓에 과부하가 걸려 버벅거리기만을 반복했다. 어떻게 하면 하드웨어 용량과 소프트웨어적 데이터 처리속도를 키울 수 있을까? 고민은 깊어져만 갔다.

거북이처럼 엉금엉금
기어서라도 갈 수밖에

    사수선배한테 배운 것 중 이해가 가지 않는 부분은, 기숙사로 돌아와 반복해서 들여다보며 차츰차츰 익혀나갔다. 아침 일찍 실험실에 출근해서 실험준비를 해놓고, 내내 수업을 듣다가 오후 5시에 실험실에 돌아왔다. 저녁을 먹고 그때부터 틈틈이 사수선배가 지난번에 알려주었던 내용을 들여다볼 수 있었기에 몸도, 마음도 늘 바빴다. 졸업을 1년 앞둔 베테랑 선배한테 배울 수 있을 때 정신 바짝 차리고 배우고 싶었다. 하지만 선배가 "기억나지? 지난번에 알려줬지? 네가 한번 해봐"라고 말하면 말문이 턱 막히면서 동공지진이 일어나곤 했다.

    '어떡하지? 복습 안 해봐서 기억이 안 나는데…… 분명 그것

도 제대로 못 하냐고 할 텐데…….'

선배가 질문하면 잔뜩 긴장부터 되기 시작했다. 선배의 싸늘한 시선을 견디다가 나는 드디어 기어 들어가는 목소리로 말했다.

"죄송한데 한 번만 더 설명해주시면 안 돼요?"

언젠가 선배의 언성이 높아졌던 적도 있다.

"아직도 그걸 못 하면 어쩌냐? 수업 듣고 남는 시간에 복습 안 해? 배울 때 확실하게 배워야 하는 거야. 너 그러다 2년 차에 후배 들어오면 넌 선배인데, 아무도 너한테 자세히 가르쳐주는 사람 없단 말이야. 그때는 모든 걸 너 스스로 해 나가야 하는 거라고. 배울 수 있을 때 정신 차리고 똑바로 배워둬. 나도 한가한 사람 아닌 거 잘 알잖아."

선배의 뼈 때리는 충고에 정신이 번쩍 들었다. 선배가 한 말 중에 어디 하나 바르지 않은 말이 없었다. 그래도 복받치는 서러움은 어쩔 수 없었다. 스스로 돌아봐도 새로운 걸 배우고 익히는 데 오랜 시간이 걸렸고, 기기 사용법은 아무리 들어도 기기를 고장 내진 않을까 두렵기만 했다.

하루는 선배가 어떤 분석장비에 대해 각별히 신경 쓰라는 주의를 준 적이 있었다.

"이 분석장비는 위험하고, 수억 원대의 장비라서 잘못 건드리면 수리비가 장난 아니야. 특별히 조심해서 쓰도록 해. 다음엔 너 혼자 할 수 있겠어?"

선배의 물음에 자신 있는 척 대답했지만, 속으로는 '한 번 듣고 어떻게 알아? 혼자 연습할 시간도 없는데 어쩌지?'라는 생각만 들었다.

하루에도 새로운 걸 몇 가지씩 익혀야 하는 생활로 머리에 쥐가 나는 것처럼 지리지리했다. 저녁 늦게까지 실험하고, 다음 날 칼같이 일어나 출근하는 생활은 긴장과 피곤의 연속이었다. 그래도 더는 비웃음거리가 되지 말아야겠다는 생각에 남아서 배운 걸 다시 정리하고, 혼자서 실습하고, 익히느라고 많은 시간을 보냈다.

지난번 랩세미나에 지각한 이후 더는 부족한 모습을 보이기 싫었다. 또, 기기작동 미숙으로 실험실에서 웃음거리가 되기도 싫었다. 겉으로는 아무렇지 않은 척했지만 우스꽝스러운 이유로 주목받는 것 자체를 피하고 싶었다.

토끼처럼 내달려도 부족한 마당에 속이 터지지만, 거북이처럼 엉금엉금 기어서라도 갈 수밖에 없었다. 어쩌겠는가? 느려터진 이 모습이 나였다.

스스로에게 너는 왜 이렇게 이해력이 달리냐는 불평과 불만을 늘어놓는다고 상황이 달라지진 않았다. 다만 엉금엉금 기어서 결승전까지 갈 수 있을까? 그것을 고민해야 했다.

그저 한없이 작아지고
쪼그라들었다

평상시 까칠했던 실험실 선배와 우연히 편의점에서 컵라면을 먹었다. 그리고 실험실에 돌아왔는데, 그때 나눈 이야기가 한동안 잊히지 않는 것이다. 선배 앞에서는 애써 아무렇지 않은 척했지만 그동안 힘에 부친다고 느꼈던 마음이 들킨 것만 같았다.

선배는 내가 실험하는 후드 곳곳을 말없이 바라보다가 조용히 내 서랍을 열어봤다.

"잠깐 이리 와서 여기 한번 봐봐."

내가 옆에 서자 선배는 '뭐 느껴지는 거 없냐?'는 눈빛으로 나를 봤다. 나는 내 후드가 더럽다는 말을 하려는 건가 싶었다.

그때 선배가 동기의 서랍을 보여주며 말했다.

"여기는 없는 게 없잖아. 이러다가는 나중에 너만 엄청 뒤처져."

내가 아무 말도 못 하고 어버버하자 선배는 다시 말했다.

"얘는 실험도구를 사이즈별로 다 갖춰놨는데 너는 살림살이가 그게 뭐야? 너도 좀 챙겨야지. 휑해서는. 이리 와봐."

선배는 나를 본인의 실험후드로 데려갔다. 서랍을 열어 내게 없는 희귀한 실험용 주사기를 몇 개 찔러주며 시크하게 한마디를 던졌다.

"너 가져."

나는 실험실에서 단체생활을 하면서 맡은 일을 차질 없이 해 나가는 것에만 정신이 팔려 있었다. 나 한 몸도 건사하기도 바쁜 날들이었다. 남들은 어떤 도구를, 얼마나 갖고 있는지 아무 생각 없었는데, 선배의 말에 그제야 휑한 내 실험후드가 보였다.

종류별로 모자람 없이 꽉꽉 채워져 있던 동기의 서랍과 내 서랍은 비교가 될 수밖에 없었다. 그 모습이 꼭 나와 동기의 차이를 고스란히 보여주는 것만 같았다. 지금 내 모습이 꼭 텅 빈 서랍과 같다는 생각이 들어서 그날 따라 참 서글펐다.

실험용품은 필요한 것만 있으면 된다고 생각했다. 종류별로, 사이즈별로 채워 넣을 야무진 발상은 하지 못했다. 선배에게 네 것 챙기라는 말을 들은 뒤로 '나는 나 하나도 못 챙기는 사람인가?' 의문이 들었다.

얼마 후 실험실에서 설거지를 하다가 우연히 선배들이 하는 얘기를 듣게 됐다. 동기를 가르치던 한 선배가 자신이 하던 연구를 동기에게 인계하고, 본인은 졸업논문에 매진하겠다고 했다. 그러면서 "얘는 욕심도 있고 잘하니까 내가 하던 일 마무리 잘할 수 있을 거야"라고 했다. 내가 헤매고 있는 동안 같이 입학한 동기는 나보다 한참 앞서가고 있었던 것이다. '아직도 모르겠어?'라는 말을 밥 먹듯이 듣는 나와 달리, '욕심도 있고 잘하니까'라는 인정과 신뢰가 듬뿍 담긴 말을 듣는 동기였다.

갑자기 설거지를 하고 있는 내 모습이 한없이 초라하게 느껴졌다. 칭찬은 바라지도 않았다. 그저 실수하지 않으려고, 사고치지 않으려고, 지각하지 않으려고 늘 긴장의 끈을 팽팽하게 졸라맸는데. 내가 끙끙거리는 동안 동기는 저만치 앞서가고 있었다.

이후부터 선배들이 동기를 칭찬하거나 웃으며 농담을 주고받는 걸 볼 때마다 입술만 꼭 깨물었다. 그때는 나 자신이 어찌나 초라하던지. 동기를 대할 때 선배들의 눈빛과 표정은 나를 대할 때와는 너무도 달랐다. 나는 그저 한없이 작아지고 쪼그라들 수밖에 없었다.

그렇게 해서 오늘 안에
집에 가겠어요?

동기 중에 자대학 출신 동기가 있었다. 나이는 어리지만 과학고 출신에, 대학을 조기졸업하고, 일찍 대학원에 들어온 수재였다. 내가 대학원에 입학하기 전, 여름방학 기간에 대학원 생활을 미리 경험해볼 수 있는 연구참여 프로젝트가 있었다. 동기는 거기에 참여해 실험실 선배들과 이미 친분이 있었고, 실험실 생활을 미리 해봤던 터라 나이는 어려도 마치 선배 같은 친구였다.

실험실 선배들과의 친분도 친분이지만, 교수님이 그 친구를 특별히 생각하고 있다는 건 눈치가 다소 없던 나도 느낄 수 있었다. 교수님이 실험실에 오실 때마다 그 친구를 찾거나 그 친구와 이야기를 나누는 장면을 자주 볼 수 있었다. 실험실 선배들도 '교수님 사랑 많이 받으면 피곤하다'며 농담을 건네고 은근히 챙겨줬다. 어떤 선배는 '그 자대생 동기가 너네랑 입학은 같이 했지만 실험실 생활을 먼저 해봤으니까 선배'라고 말하기도 했다.

아마도 그래서인지 그 친구는 항상 자신감이 넘쳐 보였다. 내가 실험을 시작하려고 준비하고 있을 때 '이렇게 하는 거 아닌데, 어떻게 하려고 그러세요?' 하면서 몰랐던 부분을 알려주기도 하고, 도움도 많이 줬다. 처음에는 나보다 실험실 생활도 먼저 하고, 경험도 많으니까 저 친구한테도 배울 게 있으면 배워야겠다는, 긍정적인 자세로 대하려고 했다.

"아, 그래? 고마워."

아무래도 과학고를 졸업하고, 자대학 출신에, 조기졸업까지 했으니 무척 뛰어난 친구라는 선망이 내게도 있었다. 그러니 실험실 선배들과 교수님도 다들 저마다의 기대와 관심으로 그 친구를 특별한 사람으로 대하는 것 아니겠나 싶었다. 객관적으로 누가 봐도 자질이 남다른 친구인 건 사실이었지만 때로는 도움이 아닌 지적으로, 내가 용인하는 경계를 아슬아슬하게 넘나들었다.

"그렇게 해서 오늘 저녁에 집에 갈 수 있겠어요? 지금 시작해서 언제 끝내게요?"

실수를 해서 애써 얻은 합성물이 섞여버리는 바람에 분리작업을 하려고 준비 중이었다. 안 그래도 내가 저지른 실수 때문에 속이 상한데, 그 친구가 또 지나가면서 한마디를 건넨 것이다. 솔직히 기분이 상했다. 듣기 싫었다. 더 이상은 그런 식으로, 지적하는 듯한 말투로, 훈계하는 소리를 선배도 아닌 동기로부터 듣고 싶지 않았다.

애초에 모든 사람의 관심과 특별대우를 받는 친구니까, 하며 애써 상냥하게 대했던 나의 태도가 그 친구의 행동을 암묵적으로 용인해버렸던 것이다. 나는 아무 대답도 하지 않고 그저 내가 하던 일을 했다. 그런 나의 태도를 보고 멋쩍었는지 잠시 서 있다가 그 친구도 자기 할 일을 하러 갔다.

손은 계속 바삐 움직였지만 좀처럼 집중할 수 없었다. 이제 선배들뿐만 아니라 나이 어린 동기한테도 지적을 받고 무시를 당하는 것 같아서 또 코끝이 뜨거워지려고 했다. 그날은 실험을 마치고 밤 늦게 기숙사로 돌아갈 때까지 누구와도 말하지 않았다. 아무 말도 하고 싶지 않았다.

내 소원은 논문 쓰고
해외 학회에 가보는 것

    수업시간에도 이해가 가지 않는 내용을 이해해보려 머리가 지끈지끈 아픈 나날을 보냈다. 수업을 듣고 몇 주 뒤에 백과사전 두께의 교과서를 외워서 시험 칠 생각을 하니 눈앞이 캄캄했다.

    석·박사 통합과정으로 입학했던 나는 기본적인 것을 배우고 훈련하는 1년 차 과정부터 연구주제를 선정해서 실험을 진행했다. 새로운 연구주제로 실험을 하고, SCI급 해외저널에 제1저자로 1편 이상 논문을 게재해야 박사학위 졸업요건이 갖춰진다. 어느 날 회식자리에서 교수님이 진지하게 말씀하셨다.

    "너네들 통합으로 입학했지? 석사 2년, 박사 3년. 2년은 훈

련기간이라 치고 박사 3년 동안은 1년에 임팩트팩터 4 이상 되는 ACS(미국 화학학회지)에 최소 1편은 써야 돼. 그래야 어디 가서 박사라고 떳떳하게 말할 수 있는 거야. 내가 말한 요건은 최소 자격요건이야. 이 요건을 채우는 사람은 논문에 발표한 결과로 해외 학회도 보내줄 거야. 1년에 한 번씩 해외 학회도 가고 견문도 넓혀가는 거지. 그러니 부지런히 연구해서 좋은 결과 많이 내도록 해."

누가 들어도 합리적인 말이었다. 어디 가서 박사로서 부끄

럽지 않으려면 1년에 1편 정도는 자기 힘으로 논문을 쓸 수 있는 실력을 갖춰야 했다. 조건과 실력을 갖춘 사람에게는 해외 학회에서 발표할 기회도 주어진다. 그때 교수님이 하신 말씀은 대학원에 갓 입학한 나에게 강력한 동기부여가 되었다. 1년 차에 부지런히 선배들한테 배워서 쓸 만한 연구주제를 건져야겠다는 생각이 들었다.

처음에 연구방향을 잘못 정하면, 한참 진행했는데 시간만 허비하게 되는 경우도 많다. 처음 주제를 잘 선정하는 것이 정말 중요했다. 그러기 위해서는 다방면으로 논문을 많이 읽어야 했다. 그와 더불어 최신 논문들이 어떤 유행과 흐름으로 가고 있는지를 살피는 것도 중요한 포인트라고 선배들이 입을 모아 설명했다.

그즈음 사수선배가 자대학 출신 동기와 함께 해외 학회에 다녀왔다. 학회에 가서 먹었던 음식이나 공항에서 교수님과 있었던 일 등을 전해 들었다. 학회장에서 찍은 사진이 인상 깊었다. 대학원생의 로망이라 할 수 있는 모습이 고스란히 사진에 담겨 있었다.

'아, 나도 얼른 논문 쓰고 해외 학회에 가보고 싶다'는 간절한 소원이 생겼다. 힘겹고 서글픈 대학원 생활에 나아갈 방향과 목표가 생겼다. 당당하고 자신감에 찬 얼굴로, 자신의 연구 논문 포스터 앞에서 외국인들과 질문을 주고받는 선배의 모습을 보면서 열렬히 결심했다. 나도 반드시 선배와 같은 가슴 벅찬 경험을 해보고 싶었다. 지금은 비록 초라하고 서글픈 모습이지만 언젠가, 어느 날에는 사진 속 선배처럼 프로페셔널한 연구자로 거듭나고 말겠다고 굳게 다짐했다.

지금 내가 잃어버린 것
2가지

해외 학회 사진 속 사수선배의 모습은 지금 내 모습과 정확히 대조됐다. 하루도 바람 잘 날이 없고, 의문의 연속으로 매우 피곤했다. 일단 일이 벌어지면 손써볼 겨를도 없이 흘러갔다. 정확히 이해하지 못한 부분을 소화시키는 건 오롯이 내 몫이었다.

새로운 것을 배우고, 습득하고, 바로바로 적용해도 날마다 새로운 트렌드가 쏟아졌다. 어느덧 입학한 지 반년이 훌쩍 넘었는데도 나는 아직 적응 중이었다. 그런 상황 속에서 해외 학회에서 찍은 선배의 사진을 보자 의지가 불끈 샘솟았다. 자신감 있는 표정과 눈빛에서 뿜어져 나오는 에너지에 매료되는 것 같았다. '나도 시간이 지나 연차가 쌓이고 경험이 쌓이면 저런 자신감과 여유가 생길까?' 그렇게 잠시 멋진 미래를 꿈꿔보다가도 '오늘 하루도 무탈해야 할 텐데, 또 웃음거리가 되면 어떻게 하지?'라는 생각이 공존했다.

그래도 그 사진이 마치 깃발처럼 내가 나아갈 방향을 알려줬다. 유명한 학회지에 논문을 발표하는 대단한 사람이 되고 싶다기보다는 스스로의 연구결과에 애정과 프라이드가 있는 사람이 되고 싶었다.

1년 차 왕초보 대학원생이었던 나는 일상 통제력을 완전히 상실한 상태였다. 선배와 동기들, 여러 사람이 실험실이라는 한 공간에서, 여러 가지 공용 실험기기를 나눠 사용하는 이 생활이 편하지만은 않았다. 거기다 빡빡한 수업 스케줄에, 교수님과의 의사소통까지. 마치 5명이 해야 할 퍼포먼스를 한 사람이 소화해야 하는 상황이 지속되는 느낌이었다.

사람은 생각보다 환경으로부터 큰 영향을 받는다. 함께 생활하는 사람으로부터도 엄청난 영향을 받기 때문에 시간이 지나면 차차 익숙해지고 적응되겠지 싶었는데, 왜인지 나의 역량은 제자리걸음이었다. 고무줄처럼 주어진 상황에 맞게, 융통성 있게 적응할 수 있다면 얼마나 좋을까? 하지만 나는 마치 바윗덩어리나 쇳덩어리처럼, 새로운 것 하나를 배우는 데도 오랜 시간 연마가 필요했다. 나라는 사람은 시행착오를 겪는 과정이 반드시 필요했다. 부끄러웠다. 이렇게 버벅거리고 헤매는 모습을 또 실험실 사람들에게 들켜서 웃음거리가 되긴 싫었다. 그래서 최대한 나 홀로, 모두 잠든 후에, 실험실에 혼자 남아 낮에 배웠던 것들을 될 때까지 수없이, 알 때까지 반복했다.

'애초에 대학원에 오겠다 선택한 게 잘못이었나? 진로를 잘못 선택한 게 아닌가?' 너무 힘든 날이면 후회가 파도처럼 밀려왔다. 사실 나는 대학원 생활을 하기엔 자질이 부족한 사람일지도 모른다는 생각이 들었던 적도 있다.

눈을 뜨면 씻고, 출근하고, 또 새로운 뭔가를 배우고…… 확실히 알 때까지 연습하는 생활이 반복되자 나날이 지쳐갔다. 이런 나의 상황에서 사진 속 선배의 모습은 내가 되찾아야 하는 2가지를 확실히 일깨워줬다. 그건 바로 자신감과 여유로움이었다. 깜깜한 밤바다에서 희미하게나마 등대의 불빛을 발견한 것 같았다.

PART 3

나의 가능성과 한계를
냉정히 받아들이다

– 내 실력이 여기까지라면, 1년 뒤 보따리를 쌀 수밖에

방법은 하나였다.
남들보다 5배 더 시간과 노력을 쏟아부어야 한다.
선택도, 책임도 나 이외에 그 누구도 대신해줄 수 없기에,
내 선택을 받아들이고 책임지기로 결심했다.

뼛속까지 문과생이
이공계를 선택한 이유

칠흑같이 어두운 밤바다에서 한 줄기 빛을 비추는 등대를 발견한 것처럼 지금 내가 나아가야 할 방향과 목표가 보였다. 사수선배처럼 졸업을 앞둔 시점에는 자신 있고 여유 있는 모습을 가진 사람이 되고 싶었다. 지금 내 모습과 비교해봤을 때 하늘과 땅만큼 차이가 있었다. 그렇다면 지금 내게 필요한 건 무엇인가?

그날 저녁, 평소보다 조금 일찍 퇴근해서 기숙사로 돌아가는 길에 곰곰이 생각해봤다. 그 시간이 되면 항상 모래주머니를 찬 것처럼 종아리가 묵직하고 온몸이 피곤했다. 하지만 그날은 달랐다. 평소처럼 몸은 천근만근이었지만 정신만은 밤하늘의 별처럼 초롱초롱 맑았다. 졸업할 때즈음 되고 싶은 모습이 정해졌고 분명한 목표가 생겼다. 군대생활을 막 시작한 듯 어벙하고 꺼벙한 쫄병에서 늠름하고 자신감 넘치는 말년 병장의 모습으로 어떻게 변신해갈 것인가, 그것이 고민이었다

눈코 뜰 새 없는 하루를 마치고 연못가 벤치에 앉아 음료수를 마실 때면 신기하게도 마음이 차분해졌다. 밤하늘의 별을 바라볼 여유도 생겼다. 그곳이 나만의 힐링 플레이스였다. 거기서 보내는 시간은 사막과도 같은 대학원 생활에서 오아시스가 돼줬다. 물론 연못물을 떠먹을 수는 없지만 내게는 신이 내린 자판기 음료가 있었다.

자판기 음료를 한 모금 하며 생각했다. 지금 내 역량을 5배는 키워야 하루하루 배운 걸 소화시킬 수 있다. 새로운 걸 배우는 시간도 지금보다 5배는 빨라져야 겨우 하루하루 따라갈 수 있다. 모든 방면에서 지금보다 5배는 업그레이드해야 하는 것이다. 그러나 나라는 사람은 이해력이 떨어진다. 남들이 한 번 봐서 이해하는 것을 다섯 번은 봐야 이해가 된다. 이건 내가 어찌할 수 없는 사실이었다.

솔직히 나는 문과에 가까운 뇌구조와 성향을 지니고 있었

다. 그저 취업이 잘된다는 이유로 이공계를 선택한 것이었다. 고등학생 때 부모님, 학교 선생님, 주변 사람들 모두 입을 모아 문과보다는 이공계가 진로폭이 넓다고 했었다. 사실 수학과 과탐보다는 영어와 사탐이 편하고 성적도 잘 나왔던 나였지만, 이공계를 선택하는 게 여러모로 이득이라는 말에 내 적성과는 완전히 반대되는 선택을 했다.

내 적성, 내 취향만 생각했다가 취업이 어려워 백수가 되면 어쩌나, 비싼 등록금 내고 대학교를 졸업했는데 도서관에서 고시공부만 하면 어쩌나 두려웠다.

더군다나 장기간 공부해야 하는 고시나 임용고시는 자신 없었다. 결국 나는 적성과 성향보다는 취업의 문을 택한 것이다. 그 선택에 따라 펼쳐지는 길도 완전히 달랐고, 전혀 예상치 못한 시행착오도 겪게 됐지만, 그 길은 누가 대신 걸어줄 수 있는 것이 아니었다. 뼛속까지 문과라 해도 바로 내가 걸어가야 했다.

그렇다면 남들보다
5배 더 노력할 수밖에

뼛속까지 문과체질인 사람이 이공계에 발을 내딛는 순간, 사실 고생길은 그때부터 훤했다. 불보듯 뻔한 상황이었음에도 이공계가 취직이 잘되니까, 먹고살 길이 다양하니까 그것만 생각했다. 그렇게 그 뒤로 줄곧 그 길을 걸어왔다. 고단함도, 따라가지 못해 버벅거리는 것도, 시행착오도 오롯이 내 몫이었다. 한 방에 알아듣는 동기들과 비교되는 것도 당연했다. 이공계 두뇌를 탑재하고 태어난 실험실 사람들의 눈에, 나는 느려도 너무 느리고 답답했을 것이다.

나는 대학교 때부터 이해보다는 암기력으로 학점에 승부수를 띄웠다. 그래서 학점을 잘 받으려면 남들보다 몇 배의 노력

을 들이부어야 했다. 힘이 몇 배는 더 들었다. 지방 국립대 출신
이라는 학벌 콤플렉스가 내면 깊숙이, 문신처럼 자리하고 있었
기 때문에 어떻게든 학벌 리모델링을 할 수 있다면 타이틀 있
는 대학원에 가고 싶은 마음이었다.

대학생 때 다양한 경험도 쌓고, 부모님의 울타리에서 벗어
나 좀 자유롭고 싶어서 영국 교환학생 과정에 지원했었다. 그
때도 순진한 환상을 가지고 갔다가 고생을 바가지로 했지만 내
전공에 대해서 진지하게 파고들어, 한번 제대로 공부해보고 싶
다는 동기부여를 받았다.

선택지 중에 교직이수도 있었지만 경쟁률이 사법고시를 맞
먹을 정도로 치열했다. 나는 1학년 때 학점을 말아먹은 관계로
그것도 애당초 물 건너간 뒤였다. 졸업하면 당연히 취업해서
돈 벌어야지, 생각했는데 막상 교환학생을 다녀와 3학년이 되
고 보니 덜컥 겁이 났다. 4년 동안 전공했어도 아는 게 하나도
없었다. 이 상태로 토익점수만 잘 받아서 취업을 하자니 책 한 줄
안 보고 기말고사를 보러가는 사람처럼 도저히 내키지 않았다.

사실 미국 대학원에서 박사과정을 밟고 싶다는 꿈도 있었
다. 영국에서 공부하면서 외국 생활이 고달프긴 했어도 장점도

있었다. 각자의 감정을 무시하지 않고 존중해주는 개인주의 문화와 능력만 있으면 한계가 없는 환경이 좋았다.

다양한 국가 출신의 친구들과 사귀고 이야기를 나누면서 앞날에 대한 시야도 넓어졌다. 그들의 이야기를 들으면서 내 안에 자리 잡은 견고한 편견과 고정관념을 돌아보게 되었다. 그들처럼 두려움 없이 넓은 세상을 경험하고, 배우고 싶다는 열정이 싹텄다.

미국 대학원 입학허가를 받기 위해서는 토플, GRE를 비롯한 그 외 입학준비에만 1년이 걸렸다. 무엇보다 학비와 생활비가 만만치 않다는 사실에 급 자신감이 하락했다. 물론 무조건 가겠다는 강한 의지가 있었다면 백방으로 길을 찾고 헤쳐나갔을 것이다. 돌이켜보면 '외국에서 장기간 혼자 공부해낼 수 있을까?' 하는 두려움을 극복하지 못했던 것 같다. 끝끝내 국내 대학원 진학이라는 타협을 선택했다. 외국은 연수과정으로 얼마든지 나갈 수 있을 거라는 합리화를 하면서 말이다.

모든 것을 스스로 판단하고 결정해서 지금 대학원에 진학했다. 이해력이 5배 떨어지고 습득력이 5배 떨어지는 것은 솔직히 하루이틀 있던 일도 아니다. 하루아침에 개선될 수 없다면, 어떻게 해야 할까?

방법은 하나였다. 남들보다 5배 더 시간과 노력을 쏟아부어야 한다. 그렇게 하면 뒤처지지 않고 평타는 칠 수 있을 것 아닌가? 냉정하게 현실을 파악하고, 자신을 객관화해서 바라보니 결론이 났다. 선택도, 책임도 나 이외에 그 누구도 대신해줄 수 없기에, 내 선택을 받아들이고 책임지기로 결심했다.

제가
돌대가리라서 그래요

    과학고 출신, 조기졸업자, 수학영재, 과학영재…… 대한민국에서 날고 기는 사람들만 모인 이곳에서, 그들 눈에 나는 마치 화성에서 온 여자 같았을지도 모른다.

    "몇 번을 설명해줬는데 이걸 몰라?"

    그런 말을 들을 때면 솔직히 반박하고 싶었다. 학교 근처에 대나무숲이라도 있다면 가서 시원하게 이렇게 외치고 싶었다.

    "그래, 나 돌대가리다! 어쩔래? 너거는 돌대가리 아니고 천재라 좋겠다, 왕 부럽다!"

    하지만 진짜 대나무숲은 없으니 나는 나만의 대나무숲으로 향했다.

"그래, 나 돌대가리다. 그래서 뭐 보태준 거 있어?"

연못가 벤치에 앉아서 중얼중얼 화풀이를 하다가도 울컥 서러움이 밀려와 눈물을 쏟았다. 그렇게 실컷 울고 나면 신기하게도 마음이 가벼워졌다. 가슴속에서 이글거리던 불덩어리가 서서히 식는 것 같았다. 그러면 나 자신을 돌아볼 수 있었다. 그즈음 서서히 엉덩이가 시려오고, 연못가의 축축한 습기가 옷에 스며들어 몸에 한기가 돌기 시작한다. 그때가 바로 '연못매직'이 일어나는 순간이다.

체온이 1도씩 떨어질 때마다 마음속에 억눌러둔 자책감과 자기비난감도 함께 사라졌다. 밤하늘을 멍하니 바라보다 보면 한 치 앞도 보이지 않는 곳에서 길을 잃고 헤매던 마음이 보름달만큼 환해졌다. 꺼진 줄 알았던 희망의 불씨가 되살아나곤 했다. 그래서 온몸을 부르르 떨면서도 1시간이 넘도록 연못가에 앉아 있는 것이었다.

"무시당해도 괜찮다, 욕먹어도 괜찮다, 비웃음당해도 괜찮다."

혼자서 수백 번을 중얼거렸다. 새로운 것을 배울 때면 다섯 번만 반복하면 알 수 있다. 까짓것, 다섯 번 채울 때까지 해보자. 이제부터는 어떤 비웃음을 사더라도 모르면 반드시 물어보자 마음을 먹었다. 어차피 느러터진 이미지, 더 나빠질 것도 없다는 생각이 들었다.

　'그래, 나 돌대가리다! 어쩔래?' 하고 내뱉어버리자 오히려 아이러니하게도 지금 나의 상태를 객관화해서 바라볼 수 있었다. 있는 그대로 나를 받아들이고 나니 무겁고 불편했던 마음이 스르륵 풀리는 것 같았다. 마음이 한결 가벼워져서 현실적으로 이곳 생활을 해 나가는 데 필요한 방안이 떠오르기 시작했다.

　다음번에는 사수선배가 '아직도 못 알아들었냐?'라고 구박

을 주면 공손하게 '제가 돌대가리라서 그래요, 죄송합니다.' '제가 머리가 나빠서 한 번 듣고는 잘 이해가 안 가요'라고 진지하게 말해보기로 마음먹었다.

　그 장면을 떠올리자 사수선배가 당황해서 동공지진하는 장면이 상상되면서 나도 모르게 웃음이 났다. 혼자서 배꼽 빠지게 한바탕 웃고 나니 어느새 가슴속에 새로운 바람이 불었다. 기숙사로 돌아가는데 지끈지끈하던 두통이 말끔히 사라져 있었다.

드디어
올 것이 왔다

　1년 차에는 교과목 수업이 많다. 실험결과 발표인 리서치 세미나는 선배들 위주로 진행되는데, 1년 차들은 연습기간이 지나면 세미나 발표를 시작한다. 어느 날 랩장선배가 '1년 차 너희들도 이제 세미나 발표 시작하자'고 말했다. 매도 빨리 맞는게 낫다고, 어차피 할 거 교수님 앞에서 한 번이라도 더 빨리 해보는 게 낫다는 것이었다. 그렇다면 이제 봐주는 것 끝, 준비기간 끝이라는 뜻이었다. 드디어 올 것이 온 것이다.

　세미나 발표는 그간 배우고 진행했던 실험을 정리해서 교수님과 실험실 선배들 앞에서 프레젠테이션 하는 것이다. 내 차례가 정해진 순간부터 솔직히 엄청 긴장됐다. '나만 유독 도드라지게 못해서 교수님한테 찍히면 어쩌지?' 걱정이 앞섰다.

발표 날이 한 달 정도 남았을 때부터 미뤘다가는 세미나를 망칠 것 같아서 미리미리 조금씩 준비하기로 했다. 먼저 실험했던 데이터를 정리해서 프레젠테이션에 옮겨야 했는데 이 과정도 만만치 않았다.

"첫 세미나니까 애들 잘 좀 봐줘라. 교수님 전형적인 B형 남자인 거 알지? 첫 세미나에서 찍히면 고달파지는 거야."

가뜩이나 긴장하고 있는데 랩장선배의 이야기에 더 신경이 쓰였다. 실험할 때는 몰랐는데 데이터를 다듬어 발표자료를 만들려고 보니 2~30분 동안 발표할 거리가 없었다. 이를 어쩌나, 당황스러웠다. 뭐라도 보여줘야 하는데, 발표자료 양도 늘려야 하는데, 지금이라도 새로운 실험을 해서 발표자료에 추가해야 하는지 고민됐다.

실험 데이터를 소프트웨어 프로그램을 통해 가공하는 작업도 수월하지 않았다. 그래프 그리는 법, 색깔별로 곡선을 다듬는 법 등 사소한 기능 하나하나 선배에게 물어보면서 배웠다. 물어볼 때마다 귀찮게 하는 것 같아 미안했다. 3시간 동안 작업한 자료를 저장하지 않아 통째로 날려먹기도 했다. '아, 나는 왜 이렇게 덤벙거리지?' 정말 내 머리를 한 대 쥐어박고 싶었다.

왜 선배들이 하루라도 빨리 세미나를 시작하라고 했는지 준비해보니 알 것 같았다. 실험결과를 정리하면서 그동안 얼마나 무작위로 실험을 해왔는지 실감했다. 또 쓸데없이 같은 실험을 몇 번이나 반복한 건지…… 시간이 아까웠다.

실험노트를 아무리 쥐어짜도 프레젠테이션 20분을 채울 분량이 나오지 않았다. 머리를 쥐어뜯기를 수일, 그만 욕심을 내려놓기로 했다. 더도 말고 덜도 말고 실험실에 와서 선배들한테 배웠던 것들, 최근에 실험했던 것들을 잘 다듬어 발표하기로 했다.

이럴 줄 알았으면 바쁘다고 허둥지둥 실험을 걸지 말았어야 했다. 하나를 하더라도 충분히 생각할 시간을 갖고, 참고문헌도 많이 찾아보고 했어야 했다. 실험결과도 세밀하게 들여다보고 해석했어야 했다. 그랬다면 실수로 같은 실험을 반복하지 않았을 것이다. 첫 랩세미나를 한 달 남겨두고서야 지금까지 나의 문제점이 명확하게 드러났다.

양보다
중요한 것

　내 바람과는 달리 시간은 쏜살같이 흐르고 발표 날이 부쩍부쩍 다가오고 있었다. 아무리 생각해도 분량이 부족하다는 생각을 떨칠 수 없었던 나는 결국 추가로 실험을 더해서 분량을 맞추기로 했다.

　노트북으로 프레젠테이션 파일을 한창 만들고 있는데 차분한 성격의 한 선배가 지나가다가 내 뒤에 멈춰 섰다.

　"준비 잘 돼가? 발표 날 다 되지 않았어?"

　"분량이 부족해서 새로 실험을 시작할까 싶어요."

　"그래? 잠깐 첫 장으로 돌아가볼래? 같이 봐보자."

　선배는 옆자리에 앉아서 장표를 훑어보기 시작했다.

"분량 안 적은데? 지금도 충분해."

내 예상과는 다른 말이었다. 선배는 몇 가지 팁을 줬다. '이 실험에는 이런 결과가 나왔습니다'라는 식으로 단순히 사실을 나열하기보다는 '이 실험을 왜(Why) 했는지, 어떤(What) 결과를 기대했고, 어떻게(How)? 실험했는지'가 꼭 들어가야 한다고 알려줬다.

"세미나 시작할 때는 초반 도입이 가장 중요해. 실험결과가 잘 나오고 못 나오고는 그다음이야."

주관적인 해석보다는 데이터를 객관화시켜 결론을 도출하고, 다음에는 이번 실험결과를 바탕으로 어떻게 해보겠다는 내용으로 마무리를 지어야 한다는 것이다.

"실험결과가 좋고 나쁘고는 네가 책임질 문제가 아니야. 그 결과를 바탕으로 다음 방향을 의미 있게 설정하는 게 중요해."

선배의 말을 귀담아듣고 있는데 왠지 힘이 났다. 분량이 부족한 게 아니었다. 실험실 생활을 해오면서 배웠던 것과 시도했던 것을 잘 정리해서 발표하면 되는 것이었다.

선배의 이야기 덕분에 진짜 중요한 게 뭔지 알 수 있었다. 단한 장을 발표하더라도 '이 실험을 왜 했는지, 결과가 시사하는 것을 바탕으로 다음에는 어떤 방향으로 실험할 생각인지' 스토

리텔링이 중요하다는 걸 알게 됐다. 지금까지 배우는 과정에 있었기 때문에 재현이 안된 부분은 원인을 설명하면 되는 것이었다.

첫 세미나인 만큼 뭔가 의미심장한 결과를 보여줘야 한다는 부담감에서 조금은 벗어날 수 있었다. 발표분량이 방대한 것보다는 이해하기 쉽게, 깔끔하게 결론과 핵심만 담는 것이 알차다는 것도 알게 됐다. 그리고 가장 중요한 것은 '이 실험으로 무엇을 보고자 했는지' 실험목표를 명확한 한 줄로 말할 수 있어야 한다는 것이었다. 선배가 한번 시험 삼아 설명해보라고 했다.

"원래는 이걸 보고자 했는데, 안돼서 다른 걸 해봤는데 이런 결과가 나와서……"

실험을 직접 한 사람은 나인데 횡설수설 제대로 된 답변이 나오지 않았다. 명확히 설명하지 못하자 부끄럼이 밀려왔다. 선배는 당황한 나를 보더니 차분히 말했다.

"교수님이 분명 질문하실 텐데 지금이라도 자료 만들면서 생각해봐. 세미나 때 전원 의무적으로 질문 하나씩 하니까 예상질문도 생각해두는 게 좋을 거야."

아리송한 내용들은 과감히 뒤로 빼서 질의응답 때 허심탄회하게 이야기를 나누는 게 현명하다고도 덧붙였다. 발표자료를 다시 들여다보니 두서없이 방대한 분량의 장표만 가득했다.

핵심만 쏙쏙 집어준 선배 덕분에 무엇을 준비해야 하는지, 어떻게 수정하면 좋을지 길이 보였다. 그날 밤 나는 발표자료를 처음부터 끝까지 싹 다 뜯어고치기로 마음먹었다. 이번에는 추가가 아닌 과감히 덜어내는 작업을 하기로 했다. 양이 중요한 게 아니라는 걸 절실히 느낀 계기였다.

그 선배, 발표 중에
빠꾸 먹은 거 몰라?

발표자료를 전면 수정하는 내내 '이 실험 왜 한 거야?'라는 질문을 염두에 두었다. 내용은 명확하고 간결하게 하되, 항상 실험의 이유를 인트로에서 강조하기로 했다. 실험결과를 수치로 기입하는 부분은 오차가 있을 수 있으므로 한 번 더 실험해보고 기록하면 좋겠다 싶었는데, 문제는 시간이 없었다. 추가실험을 할지 말지 하루에 열두 번도 더 마음이 오락가락했지만, 안타깝더라도 욕심을 내려놓고 지금까지 해온 것만 잘 정리하기로 결론을 내렸다.

아리송한 부분에서 질문이 들어오면 다시 한 번 확인해보겠다고 답변하기로 마음을 비웠다. 추가실험을 해서 재확인하는

데 시간을 다 쏟는 것보다 차라리 발표연습을 하는 게 나을 것 같았다.

어느덧 랩세미나가 1주일 남짓 코앞으로 다가왔을 무렵, 학생식당에서 저녁을 먹다가 한 선배가 이런 말을 했다.

"그 선배 발표 중에 교수님이 '다음에 다시 하도록!' 그러시더라. 한마디로 빠꾸 먹은 거지!"

이건 또 무슨 소리인가 싶었다. '랩세미나 도중에 교수님이 중단시킬 수도 있다고?' 처음 듣는 얘기였다.

"그래도 요즘 교수님 많이 유해지셔서 그러진 않으시겠지."

어쩌면 선배들이 별 뜻 없이, 예전에는 교수님이 엄하셨지만 지금은 많이 유해지셨으니, 너무 겁먹지 말고 잘하라는 뜻으로 들려준 이야기일지도 모른다. 그래도 발표가 코앞인데 그런 이야기를 듣고 나니 마음이 편치만은 않았다. '나만 또 빠꾸 먹는 건 아니겠지?' 하는 걱정이 밀려왔다. 교수님 눈에서 레이저라도 나오면 머릿속이 새하얘질 것 같았다.

날짜가 다가올수록 차라리 욕을 바가지로 먹더라도 얼른 끝났으면 싶었다. 어차피 첫 세미나고 내용이 부족한 건 사실이므로 혼날 거면 빨리 혼나고 다음 세미나를 기약하고 싶었다.

그렇게 세미나 하루 전날이 다가왔다. 저녁이 되자 피로가 몰려오고 집중력이 저하되었다. 감기 기운이 있는 것 같았다. 아침에 리허설을 해보기로 하고 일찍 잠자리에 들었다.

다음 날 발표연습을 하는데, 세미나실에서 실전처럼 해보니 실험실 책상에서 속으로 연습할 때와 달리 집중이 잘됐다. 연결의 매끄러움을 위해 다음 장표를 숙지하고 있어야 한다는 점이 조금 까다로웠다. 진작 세미나실에서 리허설을 해볼 걸 아쉬움이 들었을 때 사람들이 들어오기 시작했다. 발표 시간 5분 전, 드디어 교수님이 오셔서 맨 앞자리에 앉으셨다.

"다들 왔나? 발표 시작하도록."

그렇게 나의 첫 랩세미나가 시작됐다.

매는 맞기 전이
가장 두렵다

　발표를 시작하고 세 번째 장으로 넘어갈 때까지는 너무 긴장이 됐다. 목소리도 엄청나게 떨리고, 손도 떨려서 레이저 포인트가 위아래로 왔다갔다 했다. 그래도 점점 마음이 차분해지는 것이 느껴졌다. '잘해야지' 하는 생각보다 '연습한 만큼만 하자'는 생각이 들었다. 내려놓고 나니 안정감이 생겼다.

　10분쯤 지나자 앞에 앉은 사람들이 보였다. 다들 자기 할 일도 하면서 발표를 듣고 있었다. 나 역시도 다른 사람이 발표를 할 때 자세도 바꾸고 편하게 들었다. 그건 교수님도 마찬가지였다. 중간중간 핸드폰 메시지를 확인했다가 자료를 들여다보다가 하셨다.

청중의 상황을 확인하자 신기하게 긴장이 풀리기 시작했다. 발바닥이 따끈따끈해지고 몸이 후끈해졌다. 엉망이라고 욕먹으면 어쩌나, 했던 걱정이 사라졌다. '끝까지 하던 대로 해보자'는 생각이 들었다. 발표 절반을 넘겼을 때 내 말에도 리듬이 생기면서 완급조절도 할 수 있었다. 여유가 생긴 것이다.

발표가 끝나고 질의응답 시간이 왔다. 세미나 발표를 들은 사람은 의무적으로 질문 한 가지를 해야 하는 규칙이 있었기 때문에 나도 하나하나 답변을 해야 했다. 발표를 하면서 긴장이 풀려서 그토록 두려웠던 질문들에도 그냥 아는 대로 대답할 수 있었다. 애매한 부분은 다시 해보겠다고 솔직하게 답변했다. 첫 세미나였기 때문에 교수님도 큰 기대를 하지 않아서인지 그렇게 무탈하게 넘어갔다. 자리에 돌아와서 다음 발표를 듣고 있는데 하루가 다 간 것처럼 기운이 빠졌다.

실험실 생활을 해오면서 실수를 하거나 웃음거리가 된 적이 있었기 때문에 더 이상은 실수하는 모습을 보이기 싫었다. 그래서 발표를 앞두고 내 나름대로 철저히 준비를 했다. 그간 준비하던 과정, 잘할 수 있을까 걱정 때문에 잠 못 이루던 밤들이 떠올랐다. 어떤 선배는 발표 중에 빠꾸를 먹었다더라, 어떤 선배는 무진장 깨졌다더라 하는 이야기에 정신을 더 바짝 차렸다. 차분한 성격의 선배가 우연히 지나가다 코멘트해줬던 것도 정말 큰 도움이 됐다.

랩세미나가 끝나면 교수님과 함께 점심식사를 하고 실험실에 가는데, 식사를 마친 뒤에 너무 피곤해서 곧장 기숙사로 돌아갔다. 아침 일찍 차가운 세미나실에서 긴장한 채로 발표연습을 해서인지 몸이 으슬으슬 추웠다. 몸을 지질 겸 전기장판을 켜고 누웠다. 정신없이 한숨 자고 일어났더니 목이 따끔따끔 편도선이 부어 있었다. 감기몸살이 난 것이다.

갑자기 뜨끈한 컵라면이 땡겼다. 칼칼한 컵라면을 맛나게 먹고 간만에 미드 〈프리즌 브레이크〉를 밤새워 몰아봤다. 반전에 반전을 거듭하며 급박하게 사건이 전개되는 미드를 보다 보니 스트레스가 풀리고 카타르시스가 느껴졌다. 미드를 볼 때는 배를 깔고 누워서 짭조름한 쥿다리를 두어 봉 뜯어주는 게 제맛이다. 새벽까지 미드를 보느라 눈은 뻑뻑했지만 그동안 쌓였던 스트레스가 하수구를 청소한 것처럼 시원하게 해소됐다.

개고생해서 가르쳐놨더니만
좀 섭섭하다?

어느 날 교수님이 실험실에 오셔서 나와 성격이 차분한 선배를 불렀다. 무슨 일인가 싶어 따라갔더니 전혀 예상치 못한 이야기를 들었다.

"너는 이제부터 이 선배가 졸업할 때까지 선배가 진행하고 있는 연구분야를 잘 배워서 다음 후배에게 잘 가르쳐줘."

교수님 오피스에서 나온 뒤, 사수선배에게 이런 오더를 받았다고 이야기하자, '빠이 잘가'라며 쓸쓸한 표정을 지었다. 그래도 격려도 해줬다.

"새로 배우려면 힘들겠지만 전통 있는 리서치 분야이니 배워두면 나중에도 좋을 거야."

갑자기 생긴 일에 얼떨떨해하며 새로운 사수선배와 이런저런 이야기를 나눴다. 자판기 커피를 마시면서 앞으로 내가 배울 분야에 대한 설명을 들었다. 그때까지 내가 배우고 있던 분야는 최근에 각광받고 있는 것이었다. 앞으로 배울 분야는 실험실에서 오래전부터 해오던 전통 같은 것으로, 초기 선배들도 다 이 분야의 연구를 진행했다고 한다.

일단은 처음 해보니까 선배가 실험할 때 잘 보고 따라 하고, 기기나 장비로 분석할 때도 같이 해보자고 차분한 선배가 차분히 설명해줬다.

이전 사수선배는 앞서도 말했듯이 스페셜한 사람이었다. 누군가는 선배를 보고 K1 격투기선수로 데뷔해보는 게 어떻겠냐고 농담할 만큼 몸도 스페셜하고, 해외 학회에 다녀올 만큼 능력도 스페셜했다. 우월한 체격과 체력을 바탕으로 연구와 실험실 업무를 신속하고 기세 있게 처리했다. 그런 스페셜한 선배에게 나는 매일같이 혼났다.

"아직도 이해 못 했냐?"

"……."

"네가 고장 냈냐?"

"……."

아무리 설명을 해줘도 내가 이해를 못 할 때면 선배는 한숨을 푹푹 쉬거나 얼굴이 시뻘개져서 어금니를 꽉 깨물고 다시 설명해주곤 했다. 그때마다 '선배님 제가 돌대가리라서요, 이해력이 느립니다. 죄송합니다'라고 말하고 싶었지만 민망하고 미안한 마음에 어깨만 잔뜩 움츠렸다.

프로페셔널하게 일 처리를 해내는 선배를 보면서 나도 나중에 그렇게 되고 싶다고 생각했다. 선배처럼 자기 능력을 믿고, 자신감과 여유가 넘치는 사람이 되리라 마음먹기도 했다. 선배가 알려주는 걸 다 소화시키지 못해 속이 상했던 적도 많았다. 내 역량이 조금만 더 받쳐줬더라면 선배가 가르쳐주는 노하우와 스킬을 흡수해서 내 능력으로 만들 수 있었을 텐데. 항상 아쉬운 마음이던 차에 교수님이 다른 선배에게 배워보라고 하신 것이었다.

새로운 사수선배는 예전 사수선배와는 달랐다. 둘 다 연차는 같지만 나이도 다르고, 성격과 연구분야, 일하는 스타일까지 전혀 달랐다. 그날 저녁에 실험실 사람들과 맥주 한잔하러 나간 자리에서, 예전 사수선배가 입을 열었다.

"아, 개고생해서 가르쳐놨더니만 가는구만. 좀 섭섭하다?"

선배가 그렇게 말하는데 뭔가 눈가가 뜨거워지면서 눈물이 터지려고 했다. 선배가 뭘 알려줄 때면 못 알아들은 나는 눈만 깜박거리다가, 선배가 '무슨 말인지 이해했지?'라고 물으면 땅만 바라봤다. 선배는 '이렇게 쉬운 걸 왜 모르냐?' 하고 타박하긴 했지만 졸업을 앞두고 바쁜 와중에도 틈틈이, 분명 귀찮았을 텐데도 불러서 이것저것 잘 알려주곤 했다.

그날 선배의 말에서 진심이 느껴졌다. 실험실에 출근할 때마다 오늘 또 선배한테 쿠사리 먹으면 어쩌나, 선배가 폭발하면 어쩌나 걱정했던 건 사실이지만, 자기가 가진 모든 것을 알려주고 싶어 했던 선배의 마음은 알고 있었다.

"선배, 그동안 감사했어요. 제가 많이 부족해서 힘드셨을 것 같아요. 죄송해요."

그 말을 하는데 기어이 눈물이 났다. 스페셜한 선배에게 스파르타식으로 하드 트레이닝을 받던 나는 불시에, 갑자기 전혀 다른 성향을 가진 선배에게, 전혀 다른 연구분야를 배우게 됐다. 대학원 생활 1년 차 절반 이상이 지나갔을 무렵이었다.

횡설수설 말고
결론부터 차근차근

　새로운 사수선배에게 새로운 연구분야를 배우기 시작했다. 이 연구는 단계를 거쳐 마지막 최종물질을 합성한 뒤 그 물질의 성능 테스트결과에 새로운 가능성을 부여하는 것이 최종목표였다.

　마치 건물을 지어 올리는 것과 같았다. 기초공사를 탄탄히 하고 그 위에 차곡차곡 쌓아올려야 했다. 빨리, 잘하려고 성급한 마음만 앞세운다고 하루아침에 뚝딱 이루어질 일이 아니었다. 그 시절 마음에 되새겼던 문장은 천천히, 실수하지 말자는 것이었다. 중간 단계에서 잘못하면 처음부터 다시 시작해야 했기 때문이다.

선배들, 다른 동기들은 손이 금손이거나, 말을 찰떡처럼 알아듣거나, 센스가 있어서 칭찬을 받았다. 그들을 보는 매 순간, 나도 하루빨리 실력이 일취월장하면 좋겠다는 생각을 했다. 그러나 그런 마음이 커질수록 여유가 사라졌다. 행동에서 조급함이 묻어났다. 실험기구도 자주 깨뜨려먹었다.

선배들의 속마음을 파악할 눈치가 없었던 나는, '행동이 느리다는 말은 듣지 말아야지, 매번 다음에는 좀 더 눈치 빠르게 행동해야지' 다짐했다. 내 부족한 점이 드러나 지적을 받을 때마다 속으로는 나를 어디까지 갈아엎어야 할까 하는 막막함이 몰려왔다.

때론 속상하고 화가 날 때도 있었다. 하지만 삐치거나 따지고 드는 건 더 찌질해 보일 것 같아서 멘탈이 강한 사람인 척 연기를 했다. 끓어오르는 속내와는 달리 쿨한 척, '죄송합니다. 몰랐어요'라고 말하곤 했다. 감정을 표현하지 않고 속으로 삭히기만 했다.

종일 태연한 척, 무던한 척 연기를 하다가 혼자가 되면, 어김없이 억눌렀던 감정이 폭포처럼 솟구쳤다.

"뭘 더 어쩌라고, 원래 눈치가 없는 걸 어쩌라고!"

그렇게 혼잣말이라도 해야 살 것 같았다. 이대로 타고난 성격을 다듬지 않고 가다가는 계속해서 지적을 받고 잔소리 세

레를 들어야 할 것 같았다. 어떻게 하면 눈치도, 행동도 빠릿해
질 수 있을까? 잘한다고 인정받는 사람은 무엇이 다른가? 나와
의 차이점은 뭔가? 냉정하게 모니터링하면서 벤치마킹하기로
했다.

　또 모르는 게 생기면 선배들에게 곧장 질문하지 않고 한 템
포 쉰 다음에 하기로 다짐했다. 차분한 성격의 선배에게 배우
기 시작한 뒤 '횡설수설하지 말고 결론부터 차근차근'이라는
말을 참 많이 들었다. 의욕만 앞서서 조급한 내 모습을 감다운
시키려는 선배의 마음을 캐치하게 되었다.

　어떤 날은 그런 말에 의기소침해져서 물어보고 싶은 것이
있어도 참을 때도 있었다. 돌이켜보면 그 과정이 성급한 성격
을 차분하게 길들이는 과정이었던 것 같다. 들었을 때 가장 뼈
아픈 말이 나를 가장 성장시키는 말이란 것을 알게 되었다. 그
렇게 조급했던 성격을 차근차근 변화시키기 시작했다.

PART 4

도망칠 수도,
도망칠 곳도 없다

- 집착을 놓아버리자 기회가 찾아오다

더는 만만히 보이기 싫어서,
무시당하기 싫어서 이를 악물었다.
그럴수록 예민하고 연약한 내면은 더 상처받고 더 아팠다.
그때는 정말 황량한 들판에 나 홀로 찬바람을 맞으며
한 걸음씩 걸어가는 기분이었다.

배울 시간이
얼마 남지 않았다

"후배가 곧 들어올 텐데 너도 이제 선배니까 스스로 알아서 해야지."

어느 날 사수선배가 내게 건넨 이 한마디에 정신이 번쩍 들었다. 사수선배에게도 공식적으로 배우는 기한이 정해져 있었다. 그중 이미 많은 기간이 지나가고 남은 시간은 몇 개월 정도뿐이었다. 그사이 내가 배울 수 있는 건 최대한 배워야 했다. 지금까지 어떤 실수를 하더라도 1년 차니까 그럴 수 있다고 배려를 받았다. 하지만 후배가 들어오면 그것도 끝일 텐데. 지금 선배에게 쓴소리를 들어 힘들다느니, 눈치가 보인다느니 그런 건 배부른 소리일지 모른다는 생각이 들었다.

이제부터 독립을 위한 준비가 필요했다. 하나라도 혼자 힘으로 해보고, 모르는 부분들을 정리하고, 선배가 알려준 방법을 적용해보며, 나만의 방법을 터득하는 실전연습이 필요했다.

연구분야와 관련된 논문을 찾는 방법과 논문을 읽을 때 핵심 메시지를 도출하는 방법, 논문을 제대로 분류하고, 필요할 때 빨리 꺼내보는 방법까지 배운 게 많았다. 선배가 가르쳐주는 대로 그저 들을 때는 다음 날이 되면 금방 잊어버렸다. 가르쳐준 내용을 어설프게라도 직접 해봤을 때는 구체적인 질문이 생겼다.

"해봤는데 이 부분을 잘 모르겠어요."

그렇게 질문해서 선배의 설명을 들으면 확실히 이해가 갔다. 그 과정을 거치면서 어느 순간부터는 혼자서 할 수 있는 일이 생겼다. 이제는 배운 걸 혼자서 실습해보고 모르는 부분만 모아서 다시 물어보기로 했다.

그간 가르치는 선배 입장에서는 조금만 찾아보면 알 수 있을 텐데, 해보지도 않고 다짜고짜 물어대는 모습이 답답했을 것이다. 그때부터 누구에게든 질문할 때는 혼자서 해보고 모르겠는 부분만 질문하기로 했다.

질문은 최대한 구체적으로, 매끄럽지 못한 부분은 이렇게 해야 하는지, 아님 저렇게 해야 하는지, 그에 따라 결과는 어떻게 달라지는지 물어봤다. 질문을 받는 사람도 바쁜 와중에 틈을 내서 들어주는 만큼 시간을 헛되게 보내기는 싫었다.

'너도 이제 알아서 해야지'라는 선배의 말이 지금 내 상황에서 필요한 조언이라는 것을 알게 됐다. 선배 성격상 몇 번을 두고 보다가 진지하게 건넨 말 같았다. 곰곰 곱씹어볼수록 한 치의 오차도 없는 선배의 조언이었지만 막상 들을 때는 내 약점을 콕콕 쑤시는 것 같아 의기소침해진 것도 사실이었다.

하지만 이제 그렇게 의기소침해할 날도 얼마 남지 않았다는 것을 되새기면 빨리 떨쳐버릴 수 있었다. 그런 감정들은 밀린 빨래를 몰아서 하듯 나중에 달래주기로 했다. 지금은 발등에 불이 떨어진 상황 아닌가. 정말이지, 선배한테 배울 수 있는 시간이 얼마 남지 않았다.

처음 자전거를
배울 때처럼

　더 이상 배부른 감정 타령은 그만하기로 했다. 배울 수 있는 시간 동안 밀도 있게, 부족한 부분을 채워나가기로 다짐했다. 그날 밤 퇴근 후 기숙사로 돌아오는데 아까 낮에 선배가 한 말이 다시 떠올랐다. 내 정신을 번쩍 들게 한 조언이기도 했지만, 한편으로는 이런 생각이 들었다. 선배에게 나는 귀찮고 성가신 존재가 아닐까?

　'후배가 들어올 텐데 스스로 알아서 해야지.' 그 말을 할 때 선배의 목소리는 평소와는 달리 힘이 들어가 있었다.

　아무것도 모르는 왕초보 후배에게 하나하나 알려주는 일이 쉽지만은 않을 것이다. 아마도 밑 빠진 독에 물 붓기를 하는 심정이지 않을까. 선배의 마음을 이리저리 생각해보다가 문득 이런 걱정이 스쳤다. '혹시 내가 뭘 잘못했나? 그래서 선배가 언짢은 건가?' 분명 선배도 자기 실험을 해 나가는 와중에 틈틈이 알려주는 건데 눈치 없이 굴은 걸까 싶었다. 그러다 나는 깨달았다. 내가 사수선배에게 지나치게 의지하고 있다는 사실을 말이다.

　자칫 잘못하면 위험한 사고가 일어날 수도 있는 실험실에서 덤벙거리는 성격으로 실수도 많이 했고, 지적도 받았던 터라 나는 모든 것에 지나치게 조심하게 됐다. 실수를 할 때마다 당황스러워서 어쩔 줄 몰랐고, 왕초보 대학원생을 바로 잡아줄 선배에게 물어보고 배우느라 바빴다. 어서 빨리 왕초보 신세를 탈출하고 싶었기 때문이다.

　완벽하고 여유 있는 선배의 모습을 보면 내가 다 심리적 안정감이 들기도 했다. 어떤 실험결과를 보더라도 당황하지 않고, 결과에 냉정하면서도 서두르지 않는 자세가 인상 깊었다. 포기할 건 빨리 포기하고 다시 시작하는 자세를 본받고 싶었다. 그래, 나도 생각만 할 게 아니라 정말 본받아서 행동해야지, 결심을 했다.

　하지만 그날 이후로 혹시 선배가 화가 난 건 아닐까 하는 걱정에, 선배에게 질문하는 게 망설여졌다. 예전 같았으면 조금만 의문이 들면 쪼르르 달려가서 물어봤을 것이다. 벌써 세 번은 물어봤을 일을 한참 고민해보다가 물어보곤 했다. 그런 나의 변화를 눈치챈 건지 선배가 먼저 나를 불렀다.

"잘 돼가니? 커피 한 잔 하러 가자."

"네……"

자판기 커피를 앞에 두고 나는 어색해서 먼 산만 보고 있었다. 그러자 선배가 입을 열었다.

"너도 알다시피 난 곧 졸업이야. 가르쳐주기 싫어서 그런 말을 한 게 아니야."

선배의 말에 내 마음이 들킨 것 같아 콧잔등이 뜨거워졌다.

"너 혼자 해보고 파고들어야 실력이 늘어."

진심이 담긴 조언은 세포 하나에도 스며든다. 내가 실수해서 그렇게 말했던 게 아니구나, 나는 그제야 마음이 놓였다. 선배랑 커피를 마시고 실험실로 다시 돌아오면서, 이제부터는 진짜 혼자 힘으로 해보기로 마음을 다잡았다. 어차피 배울 수 있는 건 물고기를 잡는 방법뿐이었다. 어떤 물고기를 어디서, 어떻게 낚을지는 온전히 내 몫이었다.

이제부터 혼자서 모든 걸 해 나가야 한다고 생각하니 새로운 걸 보고 들을 때 훨씬 더 진지한 자세로 집중하게 됐다. 머리가 나빠서 기억력이 안 좋은 건 기정사실이니 더 이상 그런 자책은 넣어두기로 했다. 하나라도 더 배우고 더 알아야 했다. 지금 당장 배울 수 있는 사람이 곁에 있을 때 배움을 온전히 내 것으로 만드는 일이 가장 중요했다.

실력도 부족한데
꽁하다는 소리는 더 싫어

1년 차 막바지에 두 번째 세미나 발표 차례가 다가왔다. 처음처럼 긴장되고 걱정에 휩싸이지는 않았지만 이번에는 두 번째인 만큼 교수님이 눈에 레이저를 쏘며 쨉을 훅 날리진 않으실까 조마조마했다.

지난번 첫 번째 세미나 발표를 마쳤을 때 그래도 그럭저럭 넘어가서 다행이라고 생각하고 있었다. 그런데 한 선배가 '야, 처음이라 그냥 봐주신 거야. 다음에는 준비 잘해봐' 하고 한마디하는 것이 아닌가. 이런 식으로 선배들이 무심히 툭, 흘리듯한 말에 나는 애써 아무렇지 않은 척, 무던한 척 웃고 넘겼지만 실제로는 아니었다. 항상 실험실을 나와 기숙사로 혼자 터벅터 걸어갈 때면 그 말들을 곱씹어보곤 했다.

'내 발표가 형편없었다는 말인가? 단지 처음이라 혼나지 않았다는 말인가? 뭐 얼마나 대단하게 준비해야 한다는 거야?' 기운이 빠지고 속상했다. 남들 눈에는 내가 얼마나 보잘것없고 만만하길래 툭 하면 나한테 그런 말을 하는 건가 싶기도 했다. 이런 소리 듣기 싫었으면 내가 잘하는 분야로 갔었어야지, 하는 후회도 했다.

분명한 건 더 이상 타인에게 무시와 지적을 당하고 싶지 않다는 것이었다. 실력도 월등하지 않은데, 성격까지 꽁하고 소심하다는 말은 절대 듣고 싶지 않았다. 그래서 진짜 속마음을 들키지 않으려고 애를 썼다. 그러면서 내 속은 썩어 문드러지고 있었던 것이다.

말이라도 그런 말을 들으면 따갑고 쓰라렸다. 쉽게 잊히지 않았다. 내 성격이 조금만 더 무던했더라면 편했을 텐데, 바라던 적도 있었다. 잘못해도 민망해하거나 부끄럼 타지 않고, 버벅거리고 실패하더라도 또다시 아무렇지 않게 도전하는 자신감을 소유했더라면 얼마나 좋았을까? 정말이지, 얼굴에 왕철판이라도 깔고 싶었다. 이런 생각들을 하면서 더 아무렇지 않은 척하는 척의 향연이 시작된 건지도 모른다.

두 번째 세미나는 처음과 달리 선배들도 '한 번 해봤으니까 어련히 잘하겠어'라는 태도였다. 사실 두 번째라도 긴장되고 떨리는 건 마찬가지였지만 아무렇지 않은 척 세미나를 준비했다. 1년 차를 얼마 남기지 않은 시점에서 더는 초긴장 상태로 덜덜거리는 모습을 보이기 싫었다.

"하, 우짜지?"

혼자 있을 땐 탄식이 절로 나왔다. 이거 알쏭달쏭한 부분은 선배한테 들고 가서 물어볼까 하다가도 민폐를 끼치는 것 같아서 이번 세미나는 혼자서 준비해보기로 마음먹었다. 그렇게 끙끙대다가, 누군가 내게 잘하고 있다고 격려해주면 참 좋을 것 같다는 생각에 서글퍼지기도 했다.

더는 다른 사람들에게 만만히 보이기 싫어서, 무시당하기 싫어서 이를 악물었다. 그럴수록 예민하고 연약한 내면은 더 상처받고 더 아팠다. 그때는 정말 황량한 들판에 나 홀로 찬바람을 맞으며 한 걸음씩 걸어가는 기분이었다.

이 물살 또한
이겨내야 한다

　이렇게 빨리 2년 차가 되다니 덜컥 겁이 났다. 하루가 눈코 뜰 새 없이 바쁘다 보니 어느 순간 1년이 훌쩍 지나 있었다. 지금까지 살면서 느껴보지 못한 시간의 속도였다. 아이러니한 사실은 아직도 대학원 생활방식에 전혀 익숙해지지 않았다는 것이었다. 보통 1년이 지나면 그곳 환경에 익숙해지기 마련인데, 어찌된 일인지 나는 매번 힘들고 매번 긴장됐다.

　그러다 우연히 타과에 7년 차 대학원생이 있다는 이야기를 들었다. 7년 차인데 아직 논문을 쓰지 못해 그 학생을 이유로 교수님도 시말서를 쓰게 됐다고 했다. 심지어 9년 차 대학원생도 있다는 소문을 들었다. 그것이 진실인지 그저 소문인지는 모르겠으나 그 이야기를 듣는 순간, 무시무시한 괴담을 전해 들은 것처럼 등골이 오싹했다. 7년 뒤 내가 그 소문의 주인공이 되면 어쩌지? 남의 일 같지 않았다.

그래도 1년이 지났는데 나도 뭔가 변화를 하지 않았을까? 입학했을 당시와 비교했을 때 달라진 게 전혀 없었다. 그토록 바쁘게 지내왔는데 왜 성취감이 없는 걸까. '이제 1년 지났으니까 앞으로는 잘할 수 있을 거야' 같은 확신은 1도 없었다. 이 속도라면 눈 한 번 깜빡하면 어느새 3년 차, 5년 차가 돼 있을 것 같았다.

내가 처음 입학했을 때 3년 차 선배는 뭔가 대학원 생활에 대해서 빠삭해 보였다. 고수의 향기가 물씬 풍겼다. 나도 그때쯤에는 과연 쫄병티를 벗고 고수의 향기를 뿜어낼 수 있을까? 아무리 생각해도 자신이 없었다. 가슴이 꺼지듯 현기증만 밀려왔다.

이렇게 매일 바쁜 생활에 휩쓸려간다고 능사가 아니었다. 틈틈이 논문을 읽고, 실험을 하고, 공통 잡무를 처리하고, 때 되면 밥을 먹으러가는 생활의 반복이었다. 그저 정해진 조류의 흐름에 따라 흘러가다 보면 금세 3년 차, 5년 차가 돼 있을 것이 분명했다. 아찔했다. 그 시나리오가 최고로 두려운 시나리오였다. 물살에 떠내려가지 않으려면 중심을 잡아야 했다.

나의 20대를 온전히 바친 포항, 산 아래 지어진 섬과 같은 이 곳에서 청춘을 다 보내다가 서른이 되었을 때 아무런 결실도 없이, 학위도 없이 맨몸으로 짐을 싸서 떠나야 한다면 상상만 해도 슬펐다.

　오늘 하루도 계곡의 물살에 떠밀리듯 금방 지나가버렸다. 너무 빨리 지나가 멀미마저 일었다. 이제는 나만의 중심을 잡고 내 페이스로 뭔가를 꾸준히 해 나가야만 한다. 마치 급류 속에서 상류로 거슬러 오르는 레프팅 선수처럼 빠른 속도로 쏟아

지는 물살을 이겨내야 한다. 힘과 에너지를 모아 강의 상류로 올라가야만 한다. 그러기 위해서는 물살의 속도보다 더 빨라야 하는 것이다.

연차가 쌓여 졸업 압박을 받지 않기 위해서는 3년 차, 4년 차에 시시한 저널에라도 논문 한 편을 실어야 한다. 최하 졸업 자격요건을 갖추어놓아야 한다. 최하요건이라도 어떤가? 같은 대학원생이라도 삶의 질이 달라질 것이다. 마음이 편해서 오히려 두 번째 논문연구도 더 잘될 것 같았다.

3년 차에 논문이 한 편이라도 나온다면 소원이 없을 것 같았다. 적어도 졸업은 확정이니 이 생활을 잘 버텨내기만 하면 되리라. 그렇게만 된다면 이 생활이 10년이 걸리더라도 무의미하지는 않을 테니 말이다.

그렇다면 실험실 죽순이가
될 수밖에

3년 차에 논문이 나오려면 2년 차 생활에 충실해야 했다. 여전히 대학원 생활이 익숙하지 않고 힘들지만 3년 차에 가시적 결과를 내기 위해서는 2년 차 생활을 밀도 있게 보내야 했다. 일단 출근 시간을 지금보다 1시간 더 앞당기기로 했다. 나는 수업이 마무리되는 오후 5시가 되면 에너지 소진이 심했다. 그때부터 본격적인 실험을 시작하고 논문을 읽어야 하는데, 몸은 그 시간만 되면 어김없이 맥을 못 췄다.

어떤 날은 저녁을 포기하고 기숙사로 돌아와 따끈한 전기장판에 누워 찜질을 하기도 했다. 잠들면 못 일어날까봐 눈은 뜨고 있었다. 어떤 날은 알람소리도 못 듣고 자다가 밤 8시가 돼서야 깬 적도 있다. 여전히 몸이 쑤셨지만 일어나야 했다.

주섬주섬 패딩을 입고 목도리를 칭칭 감아 두른 채 찬바람을 가르며 실험실로 향했다. 포항의 겨울은 바닷가 옆이라 그런지 몹시 춥다. 학교가 산 밑에 있어서 그늘진 곳이 많고 밤이 되면 추위가 뼛속을 파고드는 것 같았다. 항상 발목까지 올라오는 등산양말이 필수품이었다. 어쩌다 발목이 짧은 양말을 신으면 그 사이로 칼바람이 스며들어와 온몸이 얼어버릴 것만 같았다. 에스키모도 아닌데 온몸을 칭칭 감고 꽁꽁 싸매야 포항의 추위를 견뎌낼 수 있었다.

유난히 피곤한 날은 실험실로 가기 전에 매점에 들러 박카스나 컨피던스와 같은 고카페인 음료를 뽑아 마시며 버텼다. 무엇이든 이 몽롱하고 피곤한 기운을 덜어줄 수 있다면 마다하지 않았다.

자다가 1시간 늦게 실험실에 가면, 이상하게 눈치가 보였다. 내가 깜박하고 잠들어서 늦은 사이, 다른 사람들은 함께 밥을 먹고 돌아와 자기 할 일을 열심히 하고 있었기 때문이다. 이러다가 나만 뒤처지는 건 아닌지 조바심이 스치기도 했다. 무리에서 이탈한 양이 되어버린 느낌이었다. 그 느낌이 싫었다. 앞으로는 정말 몸이 아픈 경우가 아니면 아무리 피곤하더라도 실험실 사람들과 함께 저녁을 먹고 곧바로 실험실에 가기로 마음 먹었다.

1시간 늦게 돌아온 만큼 퇴근도 무조건 1시간 늦게 했다. 스스로 한 약속은 어떻게든 이 악물고 지키고자 했다. 2년 차 생활을 후회 없이 보내기 위해서, 최선을 다하기 위해서 스스로 정한 생활규칙이 있다. 실험실에서 살다시피 생활하자는 것이다. 잠만 기숙사에서 자고, 밥은 학생식당에서 먹고, 나머지 시간은 실험실에서 주구장창 보내기로 다짐했다. 그날 마무리 짓기로 한 일은 어떻게 해서든 그날 마무리하고 퇴근했다.

밤이 되면 실험실 창문 틈새로 웃풍이 불었다. 책상에 앉아 있으면 말려 올라간 바지 사이로 찬바람이 들어왔다. 그게 그렇게 견딜 수 없이 시렸더랬다. 코끝, 손끝, 발목 중에서 발목이 유난히 시렸다. 바닥에서도 냉기가 올라왔기 때문이다. 발목이 시려워 더는 못 버틸 것 같을 땐 의자 위에 양반다리를 하고 앉았다.

그러면 이번엔 노트북 자판을 치는 손가락이 시렸다. 조금이라도 녹여보려 목에 손을 감싸고 비벼봤지만 손은 얼음장 같았다. 실험실은 가을부터 후드티가 필수였다. 추우면 모자를 뒤덮어 쓰고 노트북 자판을 두들기는 그 모습이 우스꽝스러웠

던 것도 사실이다. 보다못한 선배들이 그렇게 춥냐고 물어온
적도 있었다. 너무 추운 날은 실험실 안에서 입김이 나오기도
했다. 실내에서 군고구마라도 팔 것처럼 목도리를 칭칭 감고
논문을 검색하고 자료를 정리했다.

2년 차 기간만은 실험실 죽순이가 되자고 굳은 결심을 했지
만 나의 의지가 가장 약해질 때가 바로 춥고 힘든 겨울날이었
다. 오늘 할 일을 다 끝내고 들어가겠다, 단단히 마음을 먹고 늦
게까지 실험실에 남아 있다 보면, 사람들이 하나둘씩 퇴근하면
서 37도짜리 난로도 하나둘씩 같이 꺼졌다. 실험실 온도는 잔
여 인원에 비례해서 급속도로 차가워졌다. 추워서 잠은 오지
않아 좋은데 실험실 창틈으로 스며드는 웃풍 때문에 온몸이 시
려서 죽을 맛이었다. 주위 시선만 없었다면 극세사 이불이라도
덮어쓰고 싶었다. 상상을 초월하는 추위였다.

박사학위는 운전면허증과 같은
자격증일 뿐

　드디어 꺼져가던 자신감이 되살아났다. 논문을 읽다가 이해가 되지 않던 부분이 이해가 가기 시작한 것이다. 느리더라도 우직하게 해 나가다 보면 언젠가는 터득하게 된다는 것을 알게 됐다. 논문을 읽을 때도, 연구방향을 정할 때도 매번 사막에서 나 홀로 삽질을 하는 느낌이었다. 여기즈음일까? 여기를 파보면 물이 나올까? 저쪽에 사람들이 많이 몰려 있는데 저쪽으로 가야 하나? 어디를, 얼마나 깊이 팔지 결정하는 것은 오로지 내 몫이었다.

　사막에서 땅을 파기 시작한 지 얼마되지 않아 물이 콸콸콸 흘러나오는 수맥을 발견하는 사람도 있었다. 2, 3년 주구장창

한 우물을 팠는데도 메마른 모래만 나오는 경우도 있었다. 어떤 사람은 조상이 보살펴줬는지 먼저 온 사람이 파다가 물이 나오는 것까지 확인하고 바톤 터치를 해준 경우도 있었다.

혼자서 메마른 땅을 파려고 어깨에 삽을 울러메고 여기저기 황무지를 돌아다닐 때 졸업하는 선배로부터 연구주제를 넘겨받았던 동기가 있었다. 그 친구는 입학 때부터 눈치 없는 나와 달리 선배들이 하는 말도 잘 알아듣고 일도 잘 처리했다.

한 번씩 피곤하다면서 들어가 쉬는 나와 달리 단체생활에서 좀처럼 이탈하지도 않았다. 졸업을 앞둔 선배에게 연구주제를 넘겨받을 땐 교수님도 그 친구가 적임자라고 하셨다. 그 친구가 분주하게 실험하는 모습을 보고 있노라면 삽을 들고 맨땅에 헤딩하는 나와는 출발선부터 달라 보였다.

아닌 척했지만 사실 그때 나는 그 친구가 몹시 부러웠다. 나처럼 타 대학 출신이지만 일찍부터 선배들에게 칭찬과 인정을 받았고, 실험실 생활에 금방 적응해서 능숙하게 자기 일을 해나가는 것 같았다. 그런 똑똑한 친구들을 볼 때면 나 홀로 존재감 없이, 있으나 마나 한 사람이 되지 않을까 두려웠다.

실험실은 좁은 공간에서 여러 명이 단체생활을 해 나가는 환경이라 알고 싶지 않은 시시콜콜한 상황을 저절로 알게 될 때가 많다. 서로의 일상 사소한 부분부터 누가 인정받고, 어떤 성과를 거두고 있는지 바보가 아닌 이상 알 수 있었다. 그러니 나도 그냥 '아, 그렇구나. 저 친구는 졸업 걱정은 없겠네. 잘됐네' 하고 가벼운 마음으로 넘어갈 수도 있었을 것이다.

하지만 그 당시, 모 학과에 졸업 못 한 7년 차 대학원생이 있다는 얘기에 내가 그런 케이스가 되면 어쩌나, 두려움이 앞서던 시기였던 터라 타인의 일을 예민하게 받아들이곤 했다. 그런 모습이 겉으로까지 표가 났는지 사수선배가 넌지시 말을 꺼냈다.

"마음 편하게 먹어. 이제 겨우 2년 차야. 차근차근하면 되는 거야."

사수선배는 내가 요즘 무엇 때문에 매사에 굳어 있는지 훤히 꿰뚫어보는 것 같았다.

"사실 대학원에서 배우는 건 다른 게 없어. 새로운 분야를 너 혼자 힘으로 개척하고 결과물에 의미를 부여하는 트레이닝 과정이야. 실력을 기르려면 많이 실패해보고 맨땅에 헤딩해보는 것도 필요해. 그러다가 그 분야에 전문가가 되는 거야. 박사학위는 그저 자격증일 뿐이야."

선배는 그때도 내게 가장 필요한 조언을 들려줬다. 아마도 선배 역시 긴 세월 동안 삽질과 맨땅에 헤딩 과정을 반복했을

지도 모른다.

"선배, 저는 자신 없어요. 제가 과연 논문을 쓸 수 있을까요?"

"너 방금 2년 차 됐어. 아직 시간 많아. 너 요즘 열심히 하잖아. 그렇게 하면 돼."

선배의 따스한 말에 눈물이 쏟아질 것 같았다. 다른 사람 사정이 어떻든 그 사람은 그런가 보다, 쿨하게 넘기지 못하고 나만 낙오자가 되지 않을까 하는 두려움에 압도당했었다. 그런 주눅 든 마음을 선배에게 들켜버린 것 같았다. 속 좁은 내 모습에 부끄럽기도 했지만 마음속에 심지처럼 삼아야 할 중요한 이야기를 들을 수 있어서 그저 감사했다.

사회에 나가기 전, 회사에 취직하기 전 이곳에서 배울 수 있는 만큼 실컷 배우고, 실패하고, 망해보는 과정 하나하나가 소중한 가르침인 것이다. 이제부터 남과 비교 금지, 느긋하게 다시 마음을 다잡아 나가기로 했다.

네 실력이
문제가 아니라

우연히 논문을 읽다가 '이걸 한번 시도해보면 어떨까요?' 선배에게 제안을 했다. 일단 논문에 소개된 물질을 만들어보고 그 물질을 응용해서 다른 성능이 나오는지 테스트해보기로 했다. 뭔가 할 일이 정해지자 나아갈 방향이 보였다. 힘이 나고 잘해보자는 의지가 샘솟았다.

우선 화합물을 만들어보는데, 이전에 전혀 다뤄보지 않았던 물질이라 논문에 적혀 있는 것과는 달랐다. 결과 물질이 흰색 고체라고 했는데, 오일 제형의 끈적끈적한 물질이 얻어졌다. 기기로 분석해보자 그 물질의 스펙트럼으로 알려진 부분과 일치하지 않는 스펙트럼이 분명 동시에 존재했다. 형상만 보면 완전 실패한 것 같은데 스펙트럼상 일치하는 부분이 어느 정도 있는 것이다. 아마도 만들고자 했던 물질에 이물질이 혼재된 것 같았다. 아쉬운 마음에 한 번 더 만들어보는데, 이번엔 흰색 고체가 얻어졌다. 기기로 분석해보자 결과도 정확히 일치했다. 드디어 합성에 성공한 것이다.

날아갈 듯 기뻤지만 정제과정에서 수득율에 손실이 있었다. 수득율이 너무 낮았다. 양을 5배 늘려서 다시 합성을 진행했는데, 계속 실패만 거듭했다. 그렇게 거의 두 달에 가까운 시간을 쏟아부었지만 원하는 물질을 만들지 못했다.

주간미팅 때 교수님께 이 소식을 말씀드리자, 그 논문을 쓴 교수에게 이메일을 보내 재현에 어떤 어려움이 있는지 설명하고, 합성법에 대해 상세히 물어보라고 하셨다. 얼마 후 답장이 왔다. '직접 실험한 대학원생에게 물어보니 논문에 적혀 있는 대로만 하면 된다'는 말과 함께 이전에 발표된 논문을 함께 송부해주셨다.

무더운 여름이라 습도가 높아서 그런 걸까? 수분에 민감한 물질이니까? 별별 생각이 다 들었다. 타 실험실에 합성 좀 한다는 고수 선배들에게 자문을 받고 여기저기 정제법을 물으러 다녔다. 그때만 해도 마음 한편에 내 실력이 부족해서, 내가 뭔가 잘못해서 합성이 되지 않는다는 생각이 컸다. 그 논문의 명확성에 대해 전혀 의문을 품지 않았다. 끊임없이 새로운 정제를 시도하다 보니 또다시 한 달이 훌쩍 지나가버렸다.

"그 정도 해봤는데 안되면 재현이 어려운 거야. 계속 붙들고 있을 필요는 없어. 이제 그만 새로운 것을 찾아봐."

사실 미팅하기 전에 교수님이 '지난번에 소량이라도 만들었다며? 너는 네가 만든 것도 다시 못 만드냐?'라고 혼내실 줄 알았다. 그런데 오히려 '이렇게까지 노력했는데 안되는 거면 이쯤에서 그만두는 게 맞다'고 하셨다. 3개월이라는 시간을 허송세월로 날려버린 것 같아 무척 속상했지만 어떻게든 만들어보려고 백방으로 노력한 것을 교수님이 알아주시니 헛되지만은 않은 것 같았다.

내 능력 부족이 원인일 거라고 여기며 계속 매달렸는데 이제부터는 나를 너무 가혹하게 몰아세우지 말자고 다짐했다. 내가 열심히 한 그 과정을 기억하자고 다짐했다.

스스로 강해지기

– 다지고 영글어서 성장하다

일단 할 수 있는 것부터 시작할 것.
해보면서 다음 할 것을 찾을 것.
시작하지 못해 망설이지 말 것.

이제 그만
부족한 나를 받아들이자

지금까지는 항상 내가 부족한 탓에, 내가 모자란 탓에 못해 내는 거라는 생각에 사로잡혀 있었다. '이만하면 할 만큼 했으니 다른 일을 찾아보자'는 교수님의 말 한마디가 뼈에 사무치도록 고마웠다.

이 일을 겪으면서 설사 내가 능력이 부족하고 합성스킬이 모자라다 할지라도 그저 내가 가진 능력의 한도 내에서 할 수 있는 일을 찾아보자고 생각하기 시작했다. 그토록 무섭고 엄하다고 생각했던 교수님이 나라는 사람 자체를 인정하고 존중해주는 말을 해주셨기 때문이다. 결과가 좋고 나쁨을 떠나서 말이다.

진정으로 인정받고 존중받는다는 느낌은 놀라운 힘과 에너지를 불어넣어준다. 비록 실력이 부족한 나지만 지금 이대로 최선을 다해야겠다는 생각이 들었다. 젖 먹던 힘까지 끌어모아 일에 매진하리라는 의욕이 샘솟았다. 내 안에서 큰 변화가 일어난 것이다. 부족한 것투성이에, 일하는 속도도 느리고, 타의 추종을 불허할 만큼 이해도 느려터진 나라는 사람을 있는 그대로 받아들이고 인정하기 시작한 것이다.

그날 저녁 기숙사로 돌아오는 길에 낮 시간 동안의 페르소나를 벗어던진 민낯 그대로의 나를 만났다. 그동안 계속 애쓰던 일을 놓아버리고 난 뒤의 아쉬움도 있었지만 한편으로는 앓던 이가 빠진 듯 시원하고 후련했다.

나는 왜 그토록 나 자신이 형편없고 부족하다며 몰아붙였을까? 나는 스스로에게 '할 만큼 했다, 그동안 백방으로 노력해서 고생했다'고 말해준 적이 없었다. 그에 대한 속상함과 그런 나를 일깨워주신 교수님에 대한 감사함 같은 감정들이 동시에 날아올랐다. 달빛 아래 그 감정들을 온전히 바라보며 이제부터 나 자신을 감싸 안아주고, 다독여주자고 생각했다.

제발 이제 그만 나를 다그치자. 내가 나를 조금만 다정하게

대해주기로 하자. 지금 이대로 부족한 나를 인정하고 내가 할 수 있는 일에 최선을 다하기로 하자. 그래, 그러면 된다. 괜찮다. 왜 이제서야 나를 따뜻하게 바라보게 됐을까? 왜 진작 나를 다정하게 대해주지 못했을까? 주체할 수 없을 만큼 눈물이 흘러내렸다. 앞이 보이지 않았다. 오늘 밤은 그동안 시간이 없어서, 바빠서 울지도 못했던 나를 위해 실컷 울고만 싶었다.

될지 안 될지는
해봐야 알지

다음 날 아침, 어느 때보다 일찍 일어나 실험실로 향했다. 그날 따라 발걸음이 무척 가벼웠다. 오래된 체증이 내려간 듯 마음이 시원했다. 이제부터 목표를 향해 최선을 다해 내달리고 싶었다.

실험실에 도착해 논문을 찾아보면서 그동안 해보고 싶었던 실험을 진행했다. 새로운 연구주제를 찾아야 했기 때문에 시간이 나는 대로 논문도 찾아 읽었다. 실험실 연구주제에서 크게 벗어나지 않는 범위 내에서, 요즘 유행하는 연구주제를 접목시키면 교수님께서도 긍정적 피드백을 주실 것 같았다.

평소 관심 있게 보던 저널의 최신 이슈를 검색해봤는데, 실험실 연구주제와 연관이 있는 것은 거의 없었다. 최신 논문에 자주 등장하는 연구주제로 방향을 전환해야 하나, 고민될 정도였다. 그러나 가시적인 결과를 얻기까지 최소 한 달은 걸리기 때문에 우선 데이터만 쌓아나가기로 했다. 오랜만에 새로운 일을 시작하려다 보니 '오늘 당장 할 일이 있다는 게 소중하구나, 새로운 일거리를 찾는다는 게 참 어렵네' 하는 생각도 들었다.

무수히 많은 논문 중에서 시도해볼 만한 분야를 골라 선택한다는 게 참 쉽지 않다. 지금 가장 가능성이 높은 논문을 고르는 안목을 지녀야 하고, 선택한 논문 내용에 따라 실제 합성을 진행할 수 있는 역량과 책임감이 있어야 하기 때문이다.

초집중 모드로 논문들을 읽고 그나마 가능성이 있어 보이는 것들을 추려서 책상 위에 쌓아갔다. 다음에는 추려놓은 논문들을 다시 읽었다. 최종적으로 둘을 골라 선배에게 자문을 구해보기로 했다.

"할 만한 것 좀 찾았니? 일단 시약을 쉽게 구할 수 있는 것부터 시작해봐. 될지 안 될지는 해봐야 아는 거잖아. 너무 고민만 하지 말고."

지나가며 선배가 툭 던진 말에 눈이 번쩍 떠지는 것 같았다.

'그래, 내가 전지전능한 신도 아닌데 될지 안 될지는 해봐야 알지. 시약을 구할 수 있는 것부터 그냥 시작해보자'라는 생각이 들었다. 실험실에 이미 구비돼 있는 시약으로 할 수 있는 것부터 시작하기로 했다.

무턱대고 시작했다가 또 실패하면 어쩌나 하는 두려움과 완벽해야 한다는 집착이 있었다. 둘 다 실제로 뭔가를 시작하는 데 아무런 도움이 되지 않았다. 오히려 방해가 됐다. 해야 하는 일은 단순했다. 찾아낸 논문 중에서 당장 시작할 수 있는 논문을 찾아 빨리 시작해보는 것뿐이었다.

'될지 안 될지는 아무도 몰라. 해보기 전까지는 말이야.'

이번에도 피가 되고 살이 되는 조언을 해준 사수선배였다. 아마도 선배가 이 길을 먼저 걸어봤기 때문에, 내 시야에는 보이지 않는 길이 선배 눈에는 훤히 보였을 것이다. 먼저 길을 걸어간 사람의 조언을 등불 삼아 하루하루를 헤쳐나갔다. 그때 마음속에 새긴 말들이 있다.

'일단 할 수 있는 것부터 시작할 것. 해보면서 다음 할 것을 찾을 것. 시작하지 못해 망설이지 말 것.'

내일 일은
내일 걱정해라

새로 시작할 연구주제를 찾고 재현을 시도했지만 쉽지가 않았다. 다루지 않던 물질을 다뤄야 했고, 수분이나 공기에 민감한 화합물일 경우에는 특히 주의를 기울여야 했다. 그렇게 사전에 모든 준비가 완벽하다 해도 합성이 원만하지 않았다. 논문에는 고체로 얻어진다고 적혀 있는데 걸죽한 액체를 얻거나 오렌지빛을 띤다고 했는데 초록빛이나 보랏빛이었다. 경험상 초록색이나 보라색이 살짝이라도 비치면 망함의 징조였다.

기기분석까지 마무리하고 완전한 실패였음을 확인하면 하루해가 저물었다. 이미 몸은 천근만근인데 돌탑처럼 쌓여 있는 초자 더미를 보면 기운이 빠졌다. 망한 실험 뒷정리를 하면서

머릿속으로는 이번 주 주간미팅 때 발표할 것을 걱정했다. '교수님께 또 뭐라고 보고해야 하나?' '해봤는데요, 망했는데요'라고 할 수도 없고, 뭐라도 새로운 방향을 제시해야 하는데……이런 생각 저런 생각으로 착잡해졌다.

그럴 때 선배들이 '실험 다 끝나가냐? 맥주 한잔하러 효자시장 갈 건데 갈래?'라고 말을 걸어주면 그게 또 그렇게 반가웠다. 실험은 실패로 결론 났고, 해도 해도 끝이 없는 설거지를 하다가 그 한마디를 들으면 어찌나 반갑던지. 하루 종일 실험하고 뒷정리하느라 에너지가 고갈된 상태였지만 이 착잡한 심정을 달래고 싶었다.

훈제오리를 뜯으며 맥주를 마시자 이제 좀 눈앞이 보이는 것 같았다. 조금 전까지만 해도 허탈하고 막막했던 심정도 맥주 한 모금이 들어가자 싹 누그러졌다. 내 옛 사수, 스페셜한 체력과 역량을 갖춘 그 선배에게 물었다.

"선배는 실험 실패한 적 없겠죠?"

"뭔 소리야? 얘가 아직까지 뭘 모르네. 원래 실험은 안되는 게 정상이야. 난 2년 차 때 밤에 잠이 안 올 정도였어."

"정말이에요? 선배는 항상 완벽했을 것 같은데요?"

"실험도 망하고 눈앞이 캄캄하길래 성당 가서 기도까지 했어."

상상도 못 했던 일이었다. 선배가 실험 때문에 힘들어하다니?

"2년 차는 원래 고단한 거야, 파이팅! 먹을 거라도 배 터지게 먹어라. 안주 하나 더 시켜."

선배가 그렇게 말하는데 또 눈물을 한 바가지 쏟을 것 같았다. 강하고 완벽해 보이는 선배가 2년 차 때 실험 걱정에 잠을 못 잤다니! 성당에 가서 두 손 모아 기도했다니!

'나만 힘든 게 아니구나. 저렇게 완벽해 보이는 선배도 2년 차 때는 고단하고 힘겨웠구나. 그 시기를 지나 지금 저렇게 스페셜한 사람이 된 거구나.' 선배의 진심 어린 응원을 들으니 힘이 솟았다. 그리고보니 기숙사 방순이 언니 한 명도 성당에 간다고 했었다. 그 언니도 힘들 때 기도하러 간 거구나 싶었다.

배 터지도록 먹고 나니 차오른 포만감이 헛헛한 마음을 밀어냈지만 내일 당장 출근해서 실패한 실험은 접고 다시 새로운 일을 찾아야 한다는 생각이 들자 또 막막했다. 또 뭘 찾아야 하나 잠시 고민에 빠진 그때 선배가 한마디했다.

"술 마실 때는 술에만 집중하고, 내일 일은 내일 걱정해라."

내 잔에 맥주를 한가득 따라주는데, '그래! 내일 일은 내일 고민하자!' 하는 생각이 들었다. 오늘 하루만 최선을 다해 살기로 다짐했다는 걸 또 잠시 잊고 있었다. 내가 할 수 있는 일은 오늘 하루 최선을 다해 사는 것뿐이란 걸 다시 한 번 되새겼다.

실험하는 사람의
기본 자질

　실험에 실패했더라도 망연자실 넋 놓고 있을 수만은 없었다. 매주 월요일 오전 9시까지 교수님께 주간보고서를 송부하고, 오후에 교수님과 송부한 자료를 바탕으로 논의를 하는, 주간미팅이 있기 때문이다. 주중 실험결과가 꽝이 나오더라도 뭐라도 정리해서 자료로 만들어 송부해야 했다. 고로 주말에 새로 실험을 하든가 아니면 실패한 원인에 대해 논문이라도 찾아 원인규명을 해야 했다.

　예전에 왕초보 시절, 교수님께 '결과는 실패입니다. 죄송합니다'라고만 보고한 적이 있다.

　"실패했으면 왜 실패했는지 분석은 안 해봤나? 그다음에는 어떻게 할 건가?"

"그게…….."

"그리고 왜 죄송해? 죄송할 일이 아니고 실패를 했으면 그 원인부터 찾아봐. 그게 실험자가 가져야 할 책임감이야."

처음 그 말을 들었을 때 말문이 막혔다. 당황해서 땀이 다 났다. 정곡을 찌르는 말에 쥐구멍에라도 숨고 싶었다. 마치 교수님은 설악산의 큰 바위고 나는 계곡 아래 조그만 모래 알갱이가 된 느낌이었다. 그 뒤로 교수님과 오피스에서 모니터를 바라보며 연구결과를 의논하는 그 시간이 그렇게 가시방석이었다. 제발 그 시간이 빨리 끝나줬으면 싶었다.

때론 정지화면처럼 적막만 감돌 때가 있었다. 그 적막감을 견딜 수 없어서 두 손을 쥐어뜯다가 나도 모르게 '죄송합니다' 말해버리곤 했다.

"죄송한 게 중요한 게 아니야. 네가 실험을 한 주체니까 마무리도 네가 하는 거야. 다음주까지 원인을 찾아와."

실험은 아무리 해도 원하는 결과는커녕 엉뚱한 결과만 얻어졌다. 어딘가에 꼼짝없이 갇힌 듯 이러지도 저러지도 못 했다. 월요일 아침 9시 미팅시간이 다가오면 일단 뭐라도 송부해야만 했다. 어떤 날은 일단 미팅자료를 송부하고 미팅을 할 때까지 자료를 찾기도 했다. 그러나 자료를 읽어보신 교수님은 속마음을 꿰뚫어보셨다.

"이렇게 연구결과를 내던지듯 하지 말라니까? 이러면 실험하는 사람의 기본 자질이 부족하단 것밖에 안 돼."

그 말씀과 함께 눈에서는 고주파 레이저가 쏟아지고 있었다. 고주파 레이저는 강력했다. 레이저에 노출되면 몸이 뒤틀리고 땀이 났다. 오그라드는 맥반석 오징어가 된 느낌이었다. 오죽하면 교수님과 미팅을 할 때 선글라스라도 끼고 싶은 심정이었다. 그래도 시간에 쫓겨 준비가 되지 않은 상태로 자료를 발송하면 안 하느니만 못하다는 것을 알게 됐다.

사실 교수님이 좋은 말로 했을 때 내 행동을 교정했으면 좋았겠지만 뜨거운 불맛을 보기 전까지는 깨닫지 못했다. 무시무시한 고주파 레이저의 맛을 본 다음에야 정신을 차렸다. 이후부터는 미리 주중에 주간미팅 자료를 작성해두었다. 주말에 실험결과가 나오면 그것만 덧붙여서 여유 있게 자료를 정리하는 것이 습관이 되었다.

실험을 기획한 사람 입장에서 잘 모르겠거나 애매모호한 부분은 최대한 가능성 있는 대안을 첨부하여 처리했다. 다음에 추가로 꼭 확인해볼 것을 분명히 해서 책임감 있는 태도를 전하려고 했다. 장표를 만들 때도 한 땀 한 땀 꼼꼼하게 만들었다.

한동안은 교수님과 같이 있는 공기마저 무거웠다. 교수님의 기에 납작하게 눌리는 것 같았다. 또 혼나면 어쩌나? 긴장감이 몰려왔다. 하지만 점점 자료에 무엇이 들어 있어야 하는지, 교수님과 무엇을 논의해야 하는지를 알게 되는 과정이었다.

때론 무겁고 때론 불맛이 나는 미팅시간이 끝나면 교수님은 다음 순서 사람에게 '다음엔 당신 차례'라는 눈빛을 보내신다. 주간미팅은 1번 타자로 들어가는 게 가장 좋다. 왜냐하면 교수님도 사람이라서 미팅을 하다 보면 알게 모르게 열이 뻗치고 감정이 쌓이기 때문이다. 아무래도 교수님의 기분이 좋을 때 하는 것이 베스트다. 마지막에 면담하는 사람은 이전에 쌓인 여파를 감수해야 할 때도 있다.

월요일에는 교수님과의 면담이 끝나고 나면 마치 한 주가 다 간 것 같은 기분이다. 한 주간 숙제는 끝났어도 그때부터 진짜 월요일이 시작된다.

계속되는 실패에
대처하는 자세

    한 가지 실험을 테스트해보려면 엄청난 시간과 에너지가 필요하다. 과정은 대략 이렇다. 실험하기 전 목표를 세우고 필요한 시약을 찾아 주문한다. 시약과 재료가 도착하면 그때부터 실험을 시작한다. 중간에 점검을 통해 반응진행 여부를 결론짓고 반응을 종료한다. 반응이 종료되면 물질을 순수하게 얻기 위한 정제과정을 거친 후에, 최종 구조분석으로 순도와 수득율을 확인하고 실험을 종료한다.

    실험이 끝나면 사용한 실험도구와 시약을 정리한다. 마치 30첩 반상이라도 차려낸 것처럼 후드 안이 너저분하다. 설거지할 실험용 초자들이 곳곳에 널브러져 있다. 집 안에 있던 냄비가 총출동한 것만 같다. 실험실은 공동체가 쓰는 곳이라 사용한 실험기구는 다음 필요한 사람이 쓸 수 있게 바로바로 정리해야 한다. 초자 역시 사용이 끝나면 바로바로 씻어서 오븐에 말린다.

한 가지 실험을 시작해서 뒷정리까지 마무리하려면 정신적으로 고도의 집중력이 필요하고, 육체적으로도 상당한 에너지가 소모된다. 실험결과가 아리송한 면이 없지 않지만 단 하나라도 긍정적인 사인이 있다면, 그 한 점의 희망 덕에 뒷정리도 가벼운 마음으로 할 수 있다.

도무지 알 수 없는 이유로 실패를 거듭할 때는 평정심을 유지하기가 어렵다. 모든 일은 마음먹기에 달려 있다는 말을 수백 번 속으로 되뇌어봐도 계속되는 실패를 정면으로 마주하면서 자신감은 떨어졌다. 내일 또 뭘 해봐야 하나 막막함을 견뎌내야 했다. 매번 힘에 부쳤다.

처음 실패했을 때는 뭔가 착오가 있었겠거니, 준비과정에 좀 더 신경 써보자, 침착하게 마음을 가다듬었다. 두 번째 실패를 마주하면 단순한 실수가 아닌 방법에 수정이 필요하다는 신호이므로 순서를 변경하거나 투입하는 시약의 양을 조절한다. 세 번째 실패를 마주할 때는 진지하게 한 번 더 해볼 것인지 여기서 그만둘 것인지를 판단한다. 연달아 세 번 실패를 하면 선배들에게 자문을 구해본다.

예전에는 한 번 실패했을 때도 당황하고 어찌해야 할 바를 몰라 곧장 선배에게 달려갔었다. 스스로 돌아보지 않고 타인에게 도움을 구하는 것이 나와 모두의 시간낭비였음을 깨닫고부터는 두 번째 실패까지 스스로 극복해 나가기로 마음먹었다. 세 번째에 선배에게 조언을 구하면서 마지막으로 한 번 더 해볼 것인지, 여기서 그만 접을 것인지를 판단하는 것이다.

계속된 실패로 축 처져 있다가도 그만두려고 하면, 지금까지 투자한 시간이 아까워서 '마지막으로 한 번 더 해볼까' 하는 힘이 솟아났다. 마음은 진짜 알다가도 모른다. 계속 실패하면, 여기서 그만두고 빨리 새로운 일을 찾자는 생각이 든다. 하지만 한편으로는 성공이 코앞인데 다 와서 힘들다고 포기하는 건 아닌가 싶기도 하다.

그래서 실패를 반복할 때도 네 번째까지는 무조건 내질러보았다. 진짜 마지막이라고 생각하고 갈 때까지 가봐야 아쉬움과 미련이 남지 않기 때문이다. 지금까지 들인 시간과 노력이 물거품이 되지 않도록 마지막 에너지를 쥐어짜곤 했다. 정말 이번이 내 인생에서 마지막 도전이라는 심정으로 최후의 실험을 진행했다.

'여기서 그만둘 수밖에' 하는 생각에 닿으면 오히려 젖 먹던 힘이 솟아나곤 했다. 그 힘이 있었기에 숱한 실패와 허탈감을 넘어설 수가 있었다. '마지막 한 번 더!'라는 마음속 주문이 없었다면 불가능했을 일이다.

실패에는 반드시
원인이 있다

　수많은 실험에 실패를 하면서 알게 된 사실이 있다. 모든 실패에는 반드시 원인이 있다는 것이다. 실패의 원인은 사소한 실수일 때가 많다. 실험계산을 할 때 넣어줘야 하는 당량을 잘못 맞춰 일어난 실수, 논문에서 문자해석을 잘못해서 혹은 중요한 구절을 놓쳐서 일어나는 실수, 실험스킬이 촘촘하지 못해 실험과정이 지연되면서 생기는 실수 등 여러 가지 원인이 반드시 있다.

　인공지능처럼 한 번 본 것이나 들은 것을 완벽하게 기억하고, 문헌에서 봤던 구절을 완벽하게 해석해서 이해하면 좋겠지만, 촉박한 시간 속에서 여러 가지 변수를 고려하고 진행하기 때문에 실수를 할 때가 있다. 지금 돌이켜보면 이제 막 실험을 시작한 초보인 주제에 실패 없이 단번에 성공하기를 바랐던 그때 나 자신이 어처구니없기도 하다.

중국집에서 짜장면 만드는 법을 배울 때도 3년 동안은 양파 껍질만 주구장창 까야 칼 한 번 쥐어본다는데, 칼질도 한 3년은 붙잡고 해야 드디어 조리를 해볼 기회를 잡을 수 있다는데 나는 고작 2년 차였다.

실패는 내가 고쳐야 할 부분이 있다는 것을 확인하는 하나의 상황임에도 불구하고 '또 실패했네' 하면서 풀죽기도 했다. 내가 망한 줄 알면 사람들이 또 뭐라고 한마디씩 할지 몰라 숨기기에 급급했다. 당황한 마음을 좀 추스르고 나면 다시 실험 노트를 꺼내 뭐가 문제인지 곰곰 되짚어봤다.

기본적인 계산이 맞는지, 넣어줘야 할 양을 제대로 넣어줬는지부터 먼저 확인한다. 때로는 1을 넣어줘야 하는데 0.1을 넣어서 한참을 더 넣어줘야 하기도 한다. 이런 실수는 어찌 보면 다행인 축에 속한다. 비교적 원인을 쉽게 찾을 수 있기 때문이다.

때로는 문헌에서는 3시간이면 반응이 종결된다고 했는데, 실제로는 하루 정도 곰탕을 끓이듯 푹 고아줘야 반응이 완결되는 경우도 있다. 이런 경우는 실패경험을 통해서만 알 수 있다.

늘 해오던 실험에 실패할 때는 반드시 원인이 있다. 원래 되는 실험이기 때문이다. 기존에 해오던 방식과 다른 점이 있는지 잘 찾아보면 대부분 해결이 된다. 가장 난이도가 어려운 것은 기존문헌이나 실험결과를 바탕으로 새로운 실험을 해볼 때다. 누군가 미리 해봤다는 참고문헌이 없어서 그야말로 맨땅에 헤딩이다.

따라서 처음 해보는 실험에서는 다른 변수가 일어나지 않도록 준비과정에 특별히 더 신경을 쏟는다. 준비를 철저히 하다 보면 실수가 줄어들면서 실패에 대해서도 좀 더 차분하게 대처할 수가 있다.

실패를 해보면서 알게 된 것이 참 많다. 처음에는 실패한 사실 자체에 당황하고 취약한 내 모습이 까발려지면 어쩌나 전전긍긍했다. 무수히 많은 실수를 하면서 다시 돌아보는 법을 배웠다. 지난번 실수한 부분을 유념하며 새 실험을 진행하자 차츰 실수가 줄었다. 문헌에는 드러나지 않은 비밀스러운 노하우도 하나둘씩 눈에 들어왔다. 그렇게 실패경험을 통해서 나만의 노하우를 만들어가기도 했다.

가장 빨리 실패에서
탈출하는 법

계속되는 실패로 실험노트를 뒤적거리고 있던 참이었다.

"뭐해?"

지나가던 선배가 물었다.

"실험이 또 망해서요."

나는 어느새 지나가던 선배를 붙잡고 '뭐가 문제일까요?' 푸념을 늘어놓고 있었다.

"논문에는 1.0당량이 아니라 10당량인데? 잘못 봤네."

어라? 다시 보니 정말 10당량이었다. 선배가 쿨하게 지나간 뒤에 나는 내 눈을 찌르고만 싶었다. 몇 번을 봐도 1.0으로 보였는데 내 눈에는 도저히 보이지 않던 것이 지나가던 선배의 눈에는 단박에 보였던 것이다.

그때 알게 됐다. 실패의 원인은 다른 사람의 눈에 유독 잘 보인다는 사실을 말이다. 어디 간 건지 아무리 찾아도 보이지 않던 안경을 다른 사람이 찾으면 금방 찾아내는 것처럼, 아무리 찾아도 내 눈에는 보이지 않던 것이 다른 사람 눈에는 유독 잘 보일 수 있다.

선배나 다른 사람에게 실패한 실험에 대해 터놓고 물어봤을 때 의외로 '나도 그랬던 적 있어' '원래 논문에 있는 시간보다 더 걸리더라고' 하는 답변도 자주 들었다. 나만 실패한 게 아니구나, 부끄러움을 무릅쓰고 다른 사람에게 물어보기를 참 잘했다는 생각이 들었다.

"그거? 나도 해봤는데 잘 안돼서 이렇게 해봤더니 반응이 잘 나왔어. 이 문헌 한 번 참고해봐."

가뭄에 단비 같은 도움의 손길을 받기도 했다. 선배들이 개고생해서 알게 된 노하우를 아낌없이 나눠줄 때마다 감사한 마음이 밀려들었다. 나도 다음에 누군가에게 문제가 생겼을 때 도움을 주고 싶다는 생각이 샘솟았다.

처음 실수했을 때는 당황스럽다. 실험에 들인 시간과 노력이 수포로 돌아갔다는 생각이 들더라도 냉정함을 가지고 상황을 점검해봐야 한다. 기본적인 계산오류나 시약의 오염여부, 실험후드에 가스밸브가 잠겨 있지는 않나, 지루하더라도 처음부터 체크해보는 작업이 필요하다.

스스로 실패를 점검하는 과정을 거치지 않고 빨리 해결해야 한다는 조급증으로 선배에게 무조건 SOS를 쳤던 시절이 있었다. 지금 돌아보면 나보다 실력과 경험이 풍부한 선배에게 모든 것을 의존해서 하루빨리 실패에서 벗어나고자 하는 몸부림에 불과했다.

"실패했는데 뭐가 문제인지 저도 잘 모르겠어요."

선배와 처음부터 하나씩 되짚어보다가 깨달았다. 나보다 실력과 경험이 풍부한 선배도 결국은 실험노트와 참고문헌을 뒤적이며 하나하나 꼼꼼히 따져보는 것 말고는 다른 방법이 없었다. '처음으로 돌아가서 하나하나 찬찬히 돌아보는 것이 지름길'이라는 것을 확실히 알았다.

문제를 해결하려면 원인을 찾는 것 말고 다른 방법이 없다. 처음부터 하나씩 되짚어보는 것, 차분히 들여다보는 것이 가장 빨리 실패에서 탈출하는 길이었다.

PART 6

후회 없이
오늘을 산다는 것

– 멀리 보지 말고 지금 최선을 다해 살아내자

지금부터 1년이
내 인생에서 가장 의미 있는 1년이 될 수 있도록,
하루하루 시간을 후회 없이 쓰는 것, 그것이 중요했다.

시간이 더 걸릴 뿐
나도 할 수 있구나

실험실 후드용 진공펌프가 고장이 났다. 멀쩡했던 것이 갑자기 멈춰버렸다. 1년 차, 사수선배에게 혹독한 트레이닝을 받을 적에 선배는 펌프트랩에 관해 신신당부를 했다. '펌프트랩에 액체질소를 꽉꽉 채우지 않거나 펌프에 무리가 가면 퍼진다' '퇴근할 때는 반드시 전원을 꺼야 한다' 이렇게 말이다.

어떤 실험실에서는 펌프트랩에 액체질소를 채우지 않은 상태에서 1년 365일, 쉬지 않고 가동하다가 펌프가 과열되는 바람에 불이 났었다고 한다. 다행히 조기에 진압돼서 큰 피해는 없었지만 펌프 사용자가 진공펌프 관리를 게을리하면 큰일이 나는 것이다.

또 펌프의 가격대가 거의 100만 원에 육박해서 한 번 고장나면 새로 사기도 부담스럽고, 수리비도 만만치 않다. 펌프가 멈추면 실험도 따라 멈출 수밖에 없다. 펌프에 사용자 이름을 적어서 책임제로 관리하자는 이야기도 나왔다. 비유를 하자면 실험자에게 펌프는 개인택시 운전기사의 영업용 택시와도 같다.

신입생 때 교육을 단단히 받았던 터라 나는 펌프를 사용할 때마다 각별히 신경을 썼다. 꼭 필요한 일이 아니면 퇴근하기 전에는 전원을 끄고 기숙사로 돌아갔다. 진공펌프를 켜둘 경우에는 밤 늦게라도 실험실에 잠깐 들러 액체질소를 꽉꽉 채워두고 다시 기숙사로 돌아갔다. 그렇게 주의를 기울였는데, 갑자기 결정적인 실험을 하려던 차에 펌프가 뻗어버린 것이다.

액체질소를 채워도 전원이 들어오지 않았다. '이를 어째? 100만 원짜리 펌프를 고장 내버린 건가?' 나는 당황하고 있었다.

"너 펌프오일 언제 갈았어?"

"한 번도 안 갈았는데요……."

기억이 안 난다고 말했어도 될 것을 당황한 나머지 솔직한 답변이 튀어나왔다. 기억이 안 난다고 해놓고 펌프오일을 갈아보면 됐을 텐데. 나는 웬만한 성인 여자 몸무게만큼 나가는 펌프를 낑낑대며 후드 밑에서 끄집어낸 뒤에 오일 배출구를 드라이버로 열었다. 배출구에서 폐오일을 비워내자 시꺼먼 오일이 콸콸콸 쏟아졌다. 지나가는 선배들이 오일 색깔을 보고 다들 한마디씩 했다.

"야, 펌프가 뻗을 만하네! 저런 색깔은 처음 봐!"

나도 너무 시꺼매서 놀라기도 하고 민망하기도 했다. 오일을 갈아주고 다시 전원을 켰는데, 어째 묵묵부답이었다. 당황이 몰려오려던 찰나에 오일을 이제 겨우 한 번 갈았으니 몇 번 더 갈아줘야 하지 않을까 하는 생각이 스쳤다.

육중한 펌프를 다시 의자 위로 들어 올리고 내릴 때마다 허리가 휠 것만 같았다. 이제는 됐겠지 싶어 다시 전원을 켜자 펌프가 돌 것 같다가 이내 멈춰버렸다. 그래도 뭔가 개선되고 있다는 증거였다. 처음 펌프오일을 갈았을 때는 오일과 유기용매가 섞여서인지 점도가 매우 묽었다. 두 번째로 갈면서 확인해보니 연갈색 오일이 섞여나오고 있었다. 펌프 안이 청소되면 투명한 오일이 나와야 정상이었다.

새 오일을 채우고 1시간 정도 기다렸다가 그래도 전원이 켜지지 않으면 업체에 수리를 맡기기로 했다. 1시간이 지나 다시 전원을 켜보자 펌프가 작동이 되긴 되는데, 전보다 힘이 부족한 것 같았다. 마지막으로 오일을 갈고 있는데 연갈색 오일이 흘러나오다가 투명한 오일이 보였다.

'이제 끝인가?' 배출구를 잠그고 새 오일을 추가로 채운 다음 전원을 켜자, 펌프가 힘 있게 돌기 시작했다.

"드디어 펌프가 돌아간다!"

그때의 기쁨이란. 말로 다 할 수 없을 정도였다. 별것 아니지만 업체에 수리를 맡기지 않고 내 힘으로 뭔가를 해결했다는 게 의미심장하게 다가왔다.

3시간 동안 펌프를 들어 올리고 내리고, 오일을 넣었다 뺐다 힘들었다. 이 일을 겪으면서 어떤 일이든 당황하지 말고 나 혼자 해보자는 생각이 들었다. 실험과 마찬가지로 진공펌프도 혼자 힘으로 불가능한 일이 아니었다. 시간이 더 걸릴 뿐 나도 할 수 있다는 자신감이 생겼다.

3년 차가 눈앞에!

그토록 두려워하던 3년 차 생활이 눈앞에 닥쳤다. 나긋나긋한 말과 냉정한 시선으로 현실을 직시하게 해줬던 사수선배도 졸업준비로 바빠졌다. 다들 자기 일을 마무리 짓고 뻗어나가느라 분주한 시점이었다. 나는 여전히 맨땅에 헤딩해가며 삽도 아닌 숟가락으로 여기저기 해볼 만한 연구분야가 있는지 파헤치고 있었다. 그때는 한 달 동안 연이어 이어지는 실패 속에서 허우적거리던 암흑기였다. 정말이지, 되는 실험이 하나도 없었다. 노력과 열정을 쏟아붓는다고 안 되는 실험이 되는 건 아니었다.

3년 차가 코앞으로 다가오자 슬퍼하거나 방황할 시간도 사치였다. 대학원 통합과정은 5년을 채우면 대부분 졸업절차를 밟는다. 3년이면 그 절반을 넘어섰기 때문이다. 실험 성공여부에 따라 기쁘고 슬프고 하던 것도 여유가 있던 시절의 넋두리였다는 것을 3년 차가 된 후에야 깨달았다.

　　3년 차는 스스로의 무능함과 실수를 비난할 여유조차 없었다. '안 되는 건 확실히 안 됨'이라는 리셋버튼을 빨리 눌러야했다. 가능성을 확인하고자 테스트했으나 해당 시스템에서 워킹하지 않음을 확인하면 하루에 열두 번도 더 리셋버튼을 누를 때도 있었다.

　　안 되는 건 곧장 정리하고 하루라도 빨리 새로 시작할 것을 찾아야 했다. 찾는 즉시 실험을 통해 검증했다. 만약 가능성이 있다면 어느 선까지 되는 것인지 한계선을 명확하게 그었다. 3년 차가 되자, 마치 눈 깜짝한 사이에 기말고사를 앞둔 고등학생 때처럼 조급함이 생겼다.

　　2년 차 때 후배가 들어오면 어쩌나 전전긍긍하고, 실험 망했다고 혼자서 머리를 싸매고 기숙사에 드러눕곤 했는데 지금 생각하면 손발이 오글거렸다. 혼자서 아주 북 치고 장구 치고 드라마를 찍었더랬다. 왜 나만 되는 일이 없느냐고 드러누울 시간에 차라리 잠이라도 푹 자서 컨디션을 회복했어야 했다. 그렇게 실험을 하나라도 더 하는 게 문제해결에 도움되는 일이었다.

3년 차, 4년 차가 되더라도 졸업은 오롯이 내가 헤쳐나가야 할 일이었다. 그 누구도 나를 대신해서 실험을 해줄 수도, 논문을 써줄 수도 없었다. 랩세미나 시간에 책임감을 가지고 발표를 할 사람도 나였다. 올림픽 마라톤 경기처럼 그 누구도 42.195km를 대신 뛰어줄 수 없었다. 심장이 터질 것 같고 다리에 쥐가 나서 한 걸음도 내딛지 못할 상황이 닥치더라도 숨 고르기를 하고 다시 결승점을 향해서 내달리는 것 말고는 방법이 없었다.

타고난 폐활량이 좋아서, 스페셜한 바디라서 지치지 않고 먼저 앞서가는 참가자들을 바라보며 나 혼자 거품 물어도 소용 없었다. 나만 두고 가지 말라고 소리쳐봤자 허공을 향한 외침일 뿐이었다.

3년 차가 눈앞에 닥치자 교수님이나 선배에게 무슨 얘길 들어도 전처럼 일희일비하지 않았다. 나는 그저 오늘 내 할 일을 해 나갈 뿐이었다. 실패하면 실패를 받아들이고 하던 일을 얼른 마무리했다. 그리고 또다시 새로운 일을 찾아 나섰다. 이따

금씩 감정을 초월한 듯한 기분이 들 때도 있었다. 드라마 속 비련의 주인공처럼 자신을 탓하고 몰아세우는 일이 인생에 아무런 도움이 되지 않는다는 걸 누구보다 경험으로 절감했다. 그저 하루라도 빨리 새로운 테마를 찾고 확인하는 것만이 내가할 일이었다. 발등에 불이 떨어졌다. 너무 뜨거운 나머지 어떻게 해서든 불을 끌 방법만 찾을 뿐이었다.

눈 딱 감고 1년만
최선을 다해보자

되는 실험도 없는 데다 시간적 여유도 없다 보니 좌절감이 밀려들어도 소화할 틈이 없었다. 해야 할 일이 산더미인지라 빨리 넘어갔지만 혼자 있을 때면 공허함과 걱정이 찾아왔다. 평소처럼 밤 늦게 실험을 마치고, 피곤한 몸을 이끌고 기숙사에 돌아와 누우면, 몸은 피곤한데 도무지 잠이 오지 않았다. 머리로는 이럴 시간에 잠이라도 푹 자고 내일 일찍 출근해서 빨리 실험이나 시작하자고 다짐했지만 정신이 말똥말똥했다.

아침 일찍 시작해야 스케줄에 차질 없이 내용을 분석하고 저녁까지 하나라도 더 테스트할 수 있었다. 그런데 얼른 자자고 마음먹을수록 잠이 더 달아나는 것 같았다. 어디선가 들었는데 잠이 오지 않을 때는 바나나와 두유가 숙면에 도움된다고 했다. 그 얘기를 듣고 나는 잠이 오지 않을 때를 대비해서 기숙사에 바나나와 두유를 상비약처럼 항시 구비해두었다.

침대에서 벌떡 일어나 바나나를 우적우적 씹어먹으면서 빨리 잠이 오기를 기다렸다. 바나나 두 개를 먹고 두유 한 통을 다 마셨지만 잠은커녕 먹어도 먹어도 마음이 허했다. 아무리 먹어도 마음은 오히려 비어가는 것 같았다.

요즘 들어 눈뜨자마자 빛의 속도로 출근하고, 하루 종일 바쁘게 일하느라 몰랐는데 그날 따라 내 마음이 내게 말을 걸고 있었다. 실패의 허탈감도 잠시, 얼른 새로운 테마를 찾아내느라 또 나 자신의 마음을 뒷전으로 두고 소진시켰다. 다급함에 나를 너무 혹사시키며 무리했던 것이다.

잠이 오면 좋으련만 점점 생각만 많아졌다. 차라리 이럴 시간에 실험실에 나가 논문이라도 찾아볼까 싶기도 했다. 하지만 전기장판에 지지던 몸이 천근만근이라 실험실까지 나갈 엄두가 나지 않았다.

이러지도 저러지도 못한 채 눈만 껌벅이며 누워 있는데 '내가 과연 졸업이나 할 수 있을까?' 근원적인 질문이 들었다. '졸업할 역량이 있나? 애초에 나란 사람은 자격미달 아닌가?' 한

동안 잠잠했던 나 자신에 대한 자격논란이 고개를 들었다. 5년이라는 세월만 허비하고, 나이만 잔뜩 먹은 채 논문도 없이 빈손으로 떠나게 되는 건 아닐까 하는 두려움에 휩싸였다.

어떤 선배는 3년 차에 실험실을 나가서 임용고시를 쳤고 선생님이 됐다고 한다. 적성에 맞지 않는다면 하루라도 빨리 이 길이 아님을 인정하는 게 맞았다. 이곳에서 썼던 시간과 노력이 아깝더라도 눈 딱 감고 포기하고 새로운 길을 찾는 게 현명한 선택이었다.

그에 비춰봤을 때 나는 애초에 자질도 부족하고 적성에도 맞지 않는데, 괜히 시간과 에너지만 낭비하고 있는 건 아닌가 싶었다. 20대 중반 젊음을 이곳에 온전히 바쳤음에도 아무 결과 없이, 졸업장도 얻지 못한 채 빈손으로 이곳을 떠나게 된다면 어떻게 해야 하나. 두고두고 나를 괴롭히던 생각이 이어졌다.

그렇다면 실제로 내가 3년 차 이 시점에서 실험실을 나간다면 무슨 일을 할 수 있을까? 교직이수 자격증이 없으니 취업준비를 할 것인가? 공무원 시험을 준비할 것인가? 그중 어느 것하나 쉬운 길은 없었다. 이곳을 벗어난다고 해서 그 길은 쉽고 편하리라는 보장도 없었다. 그때 흐트러진 마음을 다잡아 결심했다.

'눈 딱 감고 이곳에서 1년만 버텨보자. 그래도 도저히 길이 보이지 않으면 석사로 졸업과정을 밟고 취업하자. 앞으로 1년 동안 최선을 다해보자. 그 후에 희망이 보이지 않으면 그것을 받아들이고 박사학위에 미련을 놓아버리자. 딱 1년만 더 젖 먹던 힘까지 다해보자.'

말이 1년이지, 1년이라는 시간은 생각보다 빨리 지나가지 않던가? 지금 당장 이곳을 떠나고 싶을 만큼 힘들지만 버텨보기로 마음먹었다. 최선을 다한다면 실패하더라도 후회가 없을 테니 결과는 하늘에 맡기기로 마음을 비웠다.

예전에는 마음만 먹으면
다 할 수 있을 것 같았지

"요즘 많이 힘들지?"

실험실에 가는 길에 사수선배가 물었다. 조금 전까지만 해도 실험 외엔 별생각 없었는데 갑자기 눈물 수도꼭지가 터질 것만 같았다.

"그냥 뭐, 아니에요……."

참아보려고 애를 쓰는데, 두 눈이 벌써 뜨거워지고 콧등이 시큰거렸다.

"선배는 힘든 적 없었어요? 저는 이러다가 시간만 축내고 빈손으로 돌아가는 건 아닌지 걱정이에요."

나도 모르게 넋두리를 털어놓았다. 울보처럼 우는 모습이 들켜서 민망했다. 우는 모습만큼은 대학원 생활을 하면서 그 누구에게도 보여주고 싶지 않았다. 약한 모습까지 들키면 더 공격받고 무시당할 것만 같았다. 무표정하고 시크한, 전형적인 공대생처럼 보이고 싶어서 부단히 노력했지만 누군가의 진심 어린 말에는 속절없이 무너져 내렸다.

"나라고 왜 걱정이 없었겠니? 한때는 실험이 너무 지긋지긋해서 주말마다 서울로 도망갔어. 왕복 10시간 버스 타고."

선배의 그 얘기가 정말 공감됐다. 실험에 실패할 때마다 공허함이 파도처럼 휘몰아칠 때마다 모든 것을 내려놓고 나도 그냥 이곳을 훌쩍 떠나고 싶었다. 마음은 굴뚝같았어도 현실은 월요일 오전에 주간미팅을 준비해야 하므로 마음 놓고 떠날 수도 없었다.

그래도 정말 떠나고 싶은 날이 있었다. 바람을 쐬러 가고 싶다는 소망이 너무도 간절해지면 4kg짜리 노트북을 가방에 넣고 대구에 있는 부모님 집으로 향하곤 했다. 포항 시외버스터미널에서 표를 끊고 대합실에 앉아 있으면 그저 이곳을 탈출한다는 사실만으로도 훨훨 날아갈 것만 같았다.

집에 다녀올 시간에 기숙사에서 부족한 잠을 보충하고, 밥을 먹고, 실험실에 가서 실험을 하는 게 합리적이었지만 이렇게라도 잠시 현실에서 벗어나고 싶었다. 버스에 올라타 '가서 뭐 먹을까'만 생각했다. 대학교 때 친구들에게 전화해서 시간이 되는 친구와 만나 맛있는 것도 먹고 대도시의 향기를 온몸으로 만끽했다.

지하철에 예쁘게 꾸미고 차려입은 대학생들을 보면 '나도 옛날에는 멋도 내고 꾸미는 것도 좋아했는데' 하는 생각이 들었다. 살이 쪄서 펑퍼짐한 옷을 입고, 등산양말에 운동화를 신고, 유럽에 배낭여행이라도 간 듯 커다란 노트북 가방을 울러 멘 꾀죄죄한 지금 내 모습은 그들과는 참 대조적이었다.

친구와 맛있는 것도 먹고 맥주도 한잔하면서 그동안 서러웠던 일들, 졸업에 대한 막막한 심경을 고백하곤 했다. 무시당할까봐 어디서도 하지 못한 말을 친구에게 털어놓았다.

"넌 거기 입학한 것만으로도 대단한 거야. 2학년 때 UN에서 활동하는 게 네 꿈이라고 당당하게 말했던 모습이 얼마나 멋졌는데! 지금은 많이 힘들겠지만 넌 할 수 있어, 힘내."

나의 넋두리에 친구는 용기를 불어넣었다. 친구의 말을 듣고 그 시절을 돌아보니 내게는 대학을 졸업하고 UN이라는 국제 무대에서 일해보고 싶다는 원대한 꿈이 있었다.

그 꿈을 이루기 위해 교환학생도 신청했던 거였는데, 다녀

와서는 전공공부에 관심이 생기면서 대학원에 진학한 것이었다. 전에 나는 지금과 달리 모든 일에 자신감 있고 당당했었다.

"예전에는 마음먹고 노력하면 다 할 수 있을 것 같았는데, 앞으로 잘할 수 있을지 모르겠어."

"안될 때는 멀리 보지 말고 오늘 하루만 잘 버티는 것도 방법이야. 네가 열심히 하고 있으니까 결과는 따라올 거야. 될지 안 될지는 그때 가봐야 알 수 있잖아. 그러니 당장 눈앞에 일만 생각해보는 게 어때?"

그날 친구가 해준 말들을 지금까지도 잊지 못한다. 정말 내게 필요한 말들이라 친구에게 너무나 고마웠다. 친구의 말처럼 눈앞이 캄캄할 때는 지금 눈앞에 닥친 것만 생각하기로, 오늘 하루만 후회 없이 최선을 다하기로 한다면 한 달이건, 1년이건 저절로 잘 살게 될 것 같았다. 오직 오늘 하루, 내가 할 수 있는 일에 최선을 다하는 것. 그렇게 마음을 먹고 나자 어깨를 짓누르던 짐을 내려놓은 것처럼 한결 가벼워지고 힘이 나기 시작했다.

높은 곳에서 굴린 눈덩이는
어느 것보다도 크다

　지금까지 속에만 꾹꾹 담아두었던 이야기를 친구와 나누고 나니 속이 후련했다. 잊고 있었던 대학 시절의 내 모습도 스쳐 지나갔다. 그때는 세상에서 내가 못 할 일이란 없는 것 같았다. 내 노력으로 원하는 결과를 얻었다. 정말 그때처럼 잘할 수 있을까? 주저하는 내게 친구가 이런 이야기도 들려줬다.

　"있잖아, 얼마 전에 극지탐험가 강연을 들었는데 그 사람이 이런 말을 하더라. 평지에서 눈사람을 만들면 눈사람이 깨지거나 하지는 않지만 커다랗게 만드는 데 시간이 오래 걸리잖아. 근데 높은 비탈면에서 눈덩이를 굴리면, 눈덩이가 굴러가다가 돌부리나 나무에 부딪혀서 깨지기도 하고, 줄어들기도 한대.

하지만 그 눈덩이를 나중에 보면, 평지에서 굴려 만든 눈덩이보다 훨씬 커진대. 비교도 안 될 정도로 말이야. 그러니까 넌 지금 대학원이라는 비탈길을 구르고 있는 거야. 비탈길을 구르는 동안 이리 부딪히고 저리 부딪혀서 깨지고, 눈덩이가 줄어들기도 하겠지. 그렇지만 비탈길을 지나서 바닥에 다다르면 눈덩이는 반드시 엄청나게 커져 있을 거야. 넌 충분히 잘 해내고 있어. 넌 저력이 있는 애잖아."

평지에서 구르면 비탈길에서 구르는 것보다 편하겠지만 커다란 눈뭉치로 키우는 데까지 시간이 오래 걸린다. 평지에서 힘들이지 않고 서서히 눈덩이를 키워갈 것인가, 아니면 깨지고 부서지기를 각오하고 비탈진 경사면에서 과감히 눈덩이를 굴릴 것인가.

정답은 없지만 나는 이미 비탈면을 선택했고 3년이라는 시간이 지났다. '그래, 나는 지금 비탈길을 구르는 눈덩이구나. 지금까지 3년간 아무런 결과가 없었다 하더라도 지금부터가 진짜 시작일 수 있겠지. 깨지고 부서져도 멈춰 서지 않고 굴러가고 있으니, 바닥에 도착했을 때는 틀림없이 커져 있을 거야.'

좋은 저널에 논문을 게재하는 것은 바라지도 않았다. 다만 이곳 대학원에 머물면서 흘렸던 피, 땀, 눈물이 헛되지 않도록 졸업만 확실히 할 수 있다면 더는 바랄 게 없었다. 그러니 3년 차까지만 원도, 한도, 미련도 없이 나를 던져보고 그래도 아무런 결실이 없다면, 도저히 희망이 보이지 않는다면 그때는 기꺼이 석사로 졸업하고 회사에 취업하는 것으로 진로를 정했다. 이제는 승부수를 띄우고 후회 없이 최선을 다하는 일만 남아 있었다. 친구가 해준 눈덩이 이야기는 대학원 생활에서 고비를 겪을 때마다 큰 힘이 됐다.

일요일, 다시 포항으로 돌아가기 위해 시외버스정류장에서 포항행 버스를 기다리고 있으면 그렇게 서글플 수가 없다. 마치 배를 타고 다시는 육지로 돌아올 수 없는 섬에라도 들어가는 듯한 기분이었다. 기숙사에 도착해서 짐을 풀고, 침대에 누워서 쉬고 싶었지만 주간보고서를 작성해야 했다. 오밤중에 실험실로 출근해서 보고서를 쓰는 동안 그렇게 온몸이 시렸다. 아마도 마음이 시려서 더 그랬을 것이다.

평상시 같으면 도저히 그 시간에 실험실에 갈 엄두가 나지 않았을 텐데 딱 1년만 열심히 해보자고 기한을 정해놓고 나니 오히려 의욕이 생겼다. 행여나 1년 뒤에 나의 한계를 인정하고 이곳을 떠나더라도 후회가 남지 않도록 하고 싶었다. 이곳을 떠난 뒤에 '더 열심히 해볼 걸' 후회하는 건 정말 최악인 것 같았다. 그러니까 딱 1년만 내 인생에서 다시는 없을 만큼 최선을 다해보기로 마음먹었다.

케미스트리,
Chem Is Try

3년 차 생활을 후회도, 미련도 없이 보내기로 마음먹은 뒤로 하루를 100m 달리기하듯 내달리고 있었다. 그야말로 실험에만 파묻혀서 지냈다. 실험하고, 점심 먹고, 다시 실험하고, 저녁 먹고, 다시 실험하고, 밤 늦게 기숙사에 들어가 잠을 자다가, 다시 실험실로 출근하는 일상이 반복됐다.

어느 날 스페셜한 선배와 학생식당에서 밥을 먹고 붕어싸만코를 뜯으며 실험실로 돌아오고 있었다.
"너 요즘 실험에 불붙었더라. 대신에 웃음은 잃은 것 같고."
"이렇게 열심히 해도 졸업을 못 하면 말짱 꽝이죠."

"야, 원래 3년 차가 제일 빡세. 지금이 제일 힘들 때야. 이 고비만 잘 넘겨봐. 좋은 시절 온다."

1년 차, 선배가 내 사수였던 시절, 그때의 기억이 떠오르면서 지금 선배와 이런 대화를 하고 있다는 것에 기분이 묘했다. 마음속으로는 선배가 격려해주는 말이 무척 고마웠지만 왠지 쑥스러워서 '말짱 꽝'이라는 둥 하는 말이 튀어나왔다. 그토록 무서웠던 선배였는데, 이제 정말 졸업이 얼마 남지 않아서인지 만날 때마다 따스한 격려와 조언을 해주곤 했다.

"너 군대와 대학원의 공통점이 뭔지 아냐? 그건 바로 '인내'란다. 군대 다녀와서 내가 딱 한 가지는 얻었다, 생각한 게 바로 인내를 배웠다는 거야. 근데 군대랑 대학원이랑 완전 똑같아. 하하하. 대학원도 결국 인내를 배우는 곳이더라고."

한동안 웃을 일이 없었는데 선배가 한 말에 나도 함께 빵 터지고 말았다.

"대학원은 졸업해서 너 혼자 연구할 수 있는 방법을 배우는 곳이야. 회사에 취직하거나 외국으로 포스닥을 나가면 또다시 새로운 분야를 배워야 해. 여기서 조금 배웠다고 끝이 아니거든. 여기서는 너 혼자 독립적으로 연구할 수 있는 사람이라는 자격증을 딴다고 생각해야 해."

"여기서 허송세월만 보내고 졸업도 못 하면 저는 어쩌죠?"

"야, 너 지금처럼만 열심히 하면 어떻게든 졸업은 해. 너 지금 실험에 제대로 액티베이션 됐잖아. 계속 그렇게 파이팅해!"

선배의 진심 어린 조언을 듣자 들쑥날쑥하던 조바심이 한결 가라앉는 것 같았다.

그날 저녁 차분한 성격의 사수선배와 저녁을 먹다가 선배에게 물었다.

"선배는 졸업 못 하면 어떡하지 하는 스트레스 없었어요?"

"왜 없어? 나도 스트레스 무척 받았어. 나는 만 4년 차 다 돼서 첫 논문을 쓰기 시작했거든. 나는 교수님이랑 연구주제로 의견이 맞지 않아서 마음고생을 많이 했어. 지금 생각하면 교수님이랑 코드가 잘 맞는 것도 엄청 중요해. 넌 잘할 수 있을 거야."

사수선배는 늘 침착하고 차분한 성격에 실력도 완벽해 보였다. 차근차근 문제를 해결해 나가는 모습만 보다가 그런 선배도 4년 차가 다 돼서야 첫 논문을 쓰기 시작했다고 하니 신기하기도 했다. 나만 뒤처지고 낙오자가 된 것 같다는 생각이 점점 사그라들었다. 조급할 게 없었다.

"너 그거 알아? 'Chem Is Try'라는 거. 너랑 나랑 전공한 화학(Chemistry)은 언제나 새로운 분야를 시도(Try)하는 학문이

잖아. 이렇게 해봐서 결과를 얻고, 저렇게 해봐서 결과를 얻고 발견해가는 시도의 학문이란 말이야. 그러니 허구한 날 실패해도 다시 해보는 게 맞아. 너 요즘 열심히 하더라. 눈에 불을 켜고 실험하던데. 근데 좀 웃어라. 너무 심각할 필요는 없어."

　　내가 하는 학문은 그저 계속해서 도전해 나가는 학문이란 걸 다시금 되새기는 순간이었다. 학위를 밟아가는 과정이 누구나 할 수 있을 만큼 쉽고 간단했다면 너도나도 도전했을 것이다. 나는 누가 등 떠민 것도 아니고 스스로 이 길을 선택하고 걸어왔다. 조급함이 올라와도 소화시키고 다독여가며, 그저 묵묵히 또 한 번 도전해볼 수밖에 없었다. 'Chem Is Try'니까 말이다. 그러고보니 군대는 잘 몰라도 대학원에서 배우는 게 '인내'라는 말에 핵공감을 하지 않을 수 없었다.

1년 뒤 보따리를 싼다면
오늘 당장 뭘 해야 하는가

　1년만 더 후회 없이 도전해본 다음에도 더는 학위과정을 지속하는 게 희망이 없다는 판단이 들면, 석사학위로 졸업해서 취업을 하기로 방향을 정했다. 사실 석사학위만 받으려면 2년이면 충분하다. 그에 비해서 나는 1년을 더 대학원에서 보냈으니 시간을 낭비했다는 생각도 들었다.

　하지만 한편으로는 1년 더 연구 트레이닝을 받고 회사를 가는 셈이니 회사에서도 그만큼 도움이 되지 않을까 싶었다. 그렇다면 1년 후를 대비해서 지금 배워둬야 하는 것은 뭘까? 뭘 더 준비할 수 있을까?

　만약 대기업이나 연구소에 취업할 경우에는 아무래도 대학원에서 사용하는 분석기기들을 좀 더 능숙하게 다룰 수 있으면 좋을 것 같았다. 논문 검색능력도 좀 더 섬세하면 좋을 것 같았다. 교수님과 연구주제에 관한 이야기를 나누면서 커뮤니케이션 능력도 좀 더 기르면 좋을 것 같았다.

또 나이 차이가 많이 나는 선배들, 연령대가 비슷한 동기, 후배들과 무난하게 지내는 연습도 해두면 좋을 것 같았다. 나중에 취업하더라도 분위기가 비슷할 테니 말이다.

지금까지의 경험을 돌이켜보면 1년이라는 시간은 정말 후딱 지나가버렸다. 적응하느라, 과제하느라, 실험하느라 정신이 없었다. 앞으로의 1년은 나만의 경쟁력과 경험을 쌓아가는 시간이라고 생각하기로 했다.

습관적으로 나 자신을 초라하고 부끄럽게 여기던 것도 그만하기로 했다. 스스로 1년이라는 기한을 정해놓으니 자책할 시간도 아까웠다. 차라리 그 시간에 논문이라도 한 장 더 읽는 게 실질적으로 도움이 됐다. 지금 이러고 있을 시간이 없다. 어차피 1년 뒤면 이곳을 떠날지도 모르는데 배울 수 있는 것을 최대한 배워야 했다.

모르는 걸 물어봤다가 쿠사리를 먹고 무식하다는 소리를 들어도 어쩔 수 없다고 생각했다. 학생 때는 몰라도 배울 수 있는

찬스가 남아 있기라도 하지, 취업해서 월급을 받으며 근무하는 상황에서 이런 것도 모르냐는 말을 듣는다면 끔찍할 것 같았다. '못 배워서 모른다'는 변명은 더는 하고 싶지 않았다. 그렇게 생각을 바꾸자 마음이 가벼워졌다.

이제부터는 안 되는 것에 억지로 매달리지 않는다. 나를 몰아붙이지 않는다. 나 자신과 내가 처한 상황에 대해서 있는 그대로 받아들인다. 거기서 내가 할 수 있는 일을 해 나간다. 이렇게 나 자신과 약속했다.

모든 가능성에 대해 마음을 열고 스스로 낙오자, 패배자라는 생각은 그만 놓아버리기로 했다. 거기에 집착하고 매달려봤자 현실은 달라지지 않기 때문이다. 확률은 50%다. 1년 뒤 이곳을 떠나게 된다 하더라도 지금부터 1년이 내 인생에서 가장 의미 있는 1년이 될 수 있도록, 하루하루 시간을 후회 없이 쓰는 것, 그것이 중요했다.

PART 7

단단한 마음

- 실패는 없다! 되어가는 과정만 있을 뿐

실험자는 실험결과를 있는 그대로, 겸허히 받아들여야 한다.
실험은 세상에서 가장 정직하고 투명한 과정이기 때문이다.
주어진 실험결과를 믿는 것,
그것이 연구자의 가장 중요한 자질이다.

실험은 세상에서
가장 투명하고 정직하다

사수선배의 출근 날이 정해졌다. 선배는 그동안 실험실 생활을 정리하고 포항을 떠났다. 이제 나를 가르쳐줄 사람도, 도움을 청할 사람도 없이 나 혼자 선배의 연구를 마무리 짓고 논문을 써야 했다. 더듬더듬, 선배가 해왔던 연구결과를 바탕으로 논문을 작성해 나가는 그 작업이 또 다른 고비였다.

논문은 가설을 세우고 그 가설을 뒷받침할 수 있는 실험적 데이터를 체계화하는 작업이다. 예상했던 대로 실험이 흘러가지 않을 때 거기서 또 한 가지를 배웠다. 애초에 가설을 세울 때부터 결과가 그대로 나와줄 거라는 기대는 일찌감치 접어야 했다. 처음에는 예상했던 방향대로 실험이 흘러가지 않자 당황했다.

지긋지긋한 고질병 '내가 또 뭘 잘못했나?' 병이 도지기도 했다. 주간미팅 시간에 교수님께 논의를 드리는데, 예상대로 실험결과가 나오지 않자 고민에 빠지셨다. 교수님도, 나도 실험스킬이 부족해서 그런 줄 알고 다시 해보기로 했다. 그런데 아무리 실험을 반복해도 한결같이 예상과는 다른 결과가 나오는 것이다.

원자나 분자는 내가 빈다고 원하는 물질을 뚝딱 만들어주지 않는다. 처음에 정했던 방향과는 전혀 다른 방향으로 실험이 흘러간다면 어떻게 해야 하나? 실험결과를 겸허히 받아들일 수밖에.

처음 논문을 쓰기로 한 방향은 과감히 포기하고 현재의 실험결과를 바탕으로 결과를 정리하기로 했다. 구조분석이 완료되는 대로 그 내용을 논문으로 정리하기로 했다. 이제 그동안 했던 고생을 논문으로 마무리하는 과정이 남은 것이다. 그때까지만 해도 처음엔 살짝 삐걱대긴 했지만, 모든 일이 순조롭게 진행될 것처럼 보였다.

타 연구실 분석장비를 이용해서 처음 확인했던 구조를 분석하던 중에 중간과정 물질로 추정되는 구조를 얻었다. 중간과정

물질은 구조 자체가 독특하고 의미가 있어 면밀히 분석해볼 필요가 있었다. 나를 도와주던 타 연구실 교수님과 연구자가 중간과정 물질만으로도 또 다른 논문을 한 편 쓸 수 있다는 의견을 줬다. 긍정적인 의견인지라 교수님께 상의를 드리자 교수님도 진행하라고 하셨다.

그렇게 다시 한 번 중간물질에 대한 구조분석을 진행하는데, 거기서 또 문제가 생겼다. 중간물질을 합성하기 위해 전과 동일한 방법으로 수차례 실험을 반복했지만 매번 처음과 다른 구조가 얻어졌던 것이다. 처음에 진행했던 실험노트를 참고해서 다시 차근차근해봐도 다른 구조가 확인됐다. -40℃에서 물질의 결정을 키우는 작업이라 실험조건이 매우 까다로웠다. 상온에 나오면 결정이 바로 녹아버렸기 때문이다.

하다 하다 교수님께 실험결과가 첫 번째처럼 재현이 되지 않는다고 보고를 드렸다. 처음에는 교수님도 '뭐가 문제냐? 한 번 만들어졌던 건데 왜 다시 해보니 달라? 다시 해봐' 하셨다. 나 또한 구조분석만 잘하면 새로운 논문을 한 편 더 쓸 수 있을지 모른다는 기대에 부풀어 그러겠다고 했다. 나만 실험결과를 재현해내면 엉킨 매듭이 술술 풀릴 것 같았다.

하지만 실험은 정직했다. 실험하는 당사자는 연구결과에 의미를 부여하고 앞날을 예측하지만 자연계 물질현상은 내 의견, 내 소망을 반영해주지 않는다. 실험은 세상에서 가장 투명하고 정직하기 때문이다. 실험을 하고 결과를 분석하면 실험자는 실험결과를 겸허히, 있는 그대로 받아들여야 한다. 왜냐하면 그것이 사실이고 진실이기 때문이다.

결과를 있는 그대로
받아들이는 것

최근 실험을 하면서 엄청난 중압감에 시달렸다. 내 손에서 나온 실험결과를 내 손으로 다시 못 만들어내는 상황이 벌어졌기 때문이다. 다섯 번 이상 실험을 해도 처음의 실험결과가 재현되지 않으면 실험자의 스킬이나 능력이 아닌 다른 변수에 대해 의심해볼 수 있다. 처음 실험결과와 다른 결과를 반복해서 재현하는 것도 쉽지 않기 때문이다. 사실 처음에 어떤 결과가 나왔어도 이후 연달아 다른 결과가 나왔다면 그것이 확실한 실험결과다. 단지 처음에 얻은 중간물질의 구조가 특이했기 때문에 그걸로 새로운 논문을 써볼 수 있지 않을까 하는 가설과 희망을 포기하기 어려웠다.

그 가설도 실은 타 실험실 사람의 개인적인 의견이었다. 지금 같으면 내가 아닌 누군가의 사적인 의견보다는 일관되게 얻어지는 실험결과를 신뢰했을 것이다. 다섯 번이나 동일한 결과가 나왔는데 그것만큼 확실한 게 없었다. 하지만 그때는 3년 차, 뚜렷한 연구실적도 없는 실험실 나부랭이였기 때문에 할 수 있는 것은 오로지 실험을 해서 실험결과로 보여주는 방법밖에 없었다.

답답한 마음에 나도 모르게 '내가 또 뭘 잘못했나? 나는 도대체 왜 이 모양인가? 왜 나한테만 이런 골치 아픈 일이 일어나는 건가?' 하는 생각이 꼬리에 꼬리를 물고 이어졌다.

이 방법, 저 방법 동원해봐도 실험결과는 똑같았다. 한 번 더 방법을 바꿔서 해보기로 교수님과 의견을 나누었지만, 도저히 실험을 다시 해볼 엄두가 나지 않았다. 이번에도 동일한 결과가 나올 게 뻔했다. 교수님을 어떻게 설득해야 할지 묘안이 떠오르지 않았다. 이미 수차례 반복한 실험을 다시 진행하는 건 시간낭비였다.

토요일 저녁, 이번 주 주간보고서를 작성하기 위해 실험실에 나가야 했지만 발걸음이 떨어지지 않았다. 솔직히 실험실 근처도 가기 싫었다. '더 이상 뭘 더 어쩌란 말인가? 해볼 만큼

다 해봤는데……' 실험결과는 반복해서 아니라고 말하고 있었다. 이 실험으로 새로운 논문을 쓸 수 있겠다는 희망은 이제는 놓아버릴 때가 온 것 같았다.

나도 3년 차 대학원생이고 연구결과를 논문 한 편으로 정리하는 게 소원이라면 소원이었다. 중간물질 구조를 분석해서 논문으로 정리하고 싶은 바람이 제일 큰 건 바로 나였다. 하지만 실험은 세상에서 가장 정직하고 투명하기에, 내가 원한다고 실험결과를 내 입맛대로 조절할 수 없다. 이제 지도 교수님을 설득할 차례였다.

"교수님, 누구보다 논문이 간절한 사람은 저입니다. 5회 이상 다른 결과가 얻어졌으니 그쪽이 더 신뢰가 간다고 생각합니다. 그 결과를 받아들여서 그쪽으로 논문 방향을 틀어야 할 것 같습니다.”

주간미팅 때 교수님과 이 상황에 대해 담판을 짓기로 마음 먹고 솔직한 내 생각을 말씀드렸다. 교수님도 여기서 반복되는 실험을 계속하기보다는 타 기관에 의뢰해서 정확하게 실험결과를 검증해보는 게 나을 것 같다고 하셨다.

그때 다시금 깨달았다. 투명하고 일관되게 얻어지는 실험결과를 신뢰해야 한다는 것을 말이다. 그리고 그 실험결과를 등불 삼아 연구를 밀고 나가는 것이 가장 정확하고 빠른 방법이었다. 내 개인적인 의견과 관계없이, 다른 사람의 사견과 상관없이 실험결과를 믿는 것, 연구자의 가장 중요한 자질이었다.

실패는 없다,
몰랐던 걸 알게 됐을 뿐

　석사졸업을 진지하게 고려한 후부터 관점에 변화가 생겼다. 어쩌면 실패란 나만의 주관적 해석일지도 모른다는 것을 깨달았다. 애초에 석사로 졸업하기 위해 입학하는 사람도 있다. 석·박사 통합과정으로 입학했지만 무조건 박사학위과정까지 완벽하게 밟아야 한다는 법은 이 세상 천지에 없었다. 대학원에 진학할 때 '석·박사 통합과정을 진행하다가 2년이 지나 진로를 변경할 수도 있으니까, 뭐.' 가벼운 마음이었던 내 모습이 떠올랐다. 해보다가 이 길이 내 길이 아니다 싶으면 그때는 다른 길로 방향을 틀 수도 있는 문제인 것을 왜 그토록 나 자신을 몰아붙였을까?

그러지 말자고 다짐해놓고서도 3년 차가 됐는데 아무런 결과도 없냐고, 아직도 능력이 모자란 거냐고, 타인과 나를 비교했다. 그렇게 수도 없이 마음을 다잡았건만 나 자신을 다독여주기란 참 어려운 일이었다. 그러다 문득 내가 조금이라도 성장했다는 사실을 깨달을 수 있었다. 아직까지 해외저널에 논문을 발표하지는 못했지만 처음에는 실험하고 논문을 찾는 것도 버벅거렸는데, 지금은 후배에게 검색하는 법도 알려주고 실험에도 도움을 줄 정도로 능숙해진 나를 발견했다.

대학원에 진학하고 부족한 점을 직면하게 됐다면 부족한 부분은 채워 넣으면 된다. 남들이 세 번 만에 해내는 일을 나는 다섯 번 해서 해내면 된다. 모르는 게 죄는 아니다. 몰랐다는 것을 알게 됐으니 언제든지 배우고 내 것으로 만들면 된다. 얼마의 시간과 노력이 필요하든 말이다.

지도 교수님의 말에 따르면, 박사는 1년에 한 편씩 논문을 쓸 수 있는 사람이라고 하셨다. 그래야 어디 가서 박사라고 말할 수 있다고 하셨다. 고로 박사과정을 3년 정도로 잡고, 1년에 논문 한 편 정도는 발표할 수 있는 실력을 반드시 길러야 한다는 것이다.

물론 대학원에서 연구능력을 기르면서 연구결과를 논문으로 발표까지 하면 그야말로 금상첨화다. 혹시라도 논문을 쓰지

단단한 마음
- 실패는 없다! 되어가는 과정만 있을 뿐

214
215

못하더라도 그 시간이 허송세월이냐, 그것도 아니었다. 수많은 논문을 검색하고, 거기서 실험해볼 만한 것을 골라, 실제 실험을 하고, 유의미한 가능성을 도출하는 연구능력을 길렀기 때문이다. 또한, 이 모든 과정을 올바르게 해석하는 능력과 도출된 결과를 바탕으로 새로운 가능성에 대해 토론하고 의미를 부여하는 힘도 싹튼다.

대학원에 입학해서 단 하루도 마음이 편했던 적이 없었다. 밤낮으로 마음 졸이며 애쓰던 시간들이 허공으로 증발해버릴까봐 전전긍긍했다. 돌이켜보니 걱정은 넣어두어도 괜찮았다. 그동안 내가 들인 노력은 경험과 지혜로 내 몸에 고스란히 남았으니까 말이다.

그동안 실패했던 경험도 그것을 통해 새롭게 배우는 것이 한 가지씩은 반드시 있었다. 말하자면 실패는 없었다. 내가 몰랐던 사실을 알게 해준 새로운 경험이었다. 그러니 매일 새로운 실험을 하고 새로운 실패를 하더라도 낙담할 필요가 없었다. 배움의 과정이니까. 앞으로 실패를 하더라도 중요한 건 '이 기회를 통해 새롭게 배울 수 있는 것은 무엇인가?' 놓치지 않고 면밀히 살피는 태도인 것이다. 그렇게 실수와 실패를 좀 더 유연하게 바라보는 관점의 변화가 일어나고 있었다.

산 넘고 물 건너
첫 논문을 투고하다

교수님과 담판을 짓고 타 분석기관을 통해 실험결과를 검증하기로 한 후부터 마음의 안정을 되찾았다. 이제 실험결과에 대한 해석은 내려놓고 진실을 알아내고자 했다. 과연 이 중간물질을 사용해서 새로운 분야에 적용할 수 있는지 여부가 궁금했다.

그렇게 결정하자 마음이 어느 때보다 가벼웠다. 결과가 좋든 나쁘든 진실이 중요했다. 실험결과는 세상에서 가장 정직하고 정확하기 때문이다. 만일 결과적으로 첫 번째 얻어진 구조가 진실이라면, 무슨 수를 써서라도 다시 만들어보기로 마음먹었다. 다섯 번 연속해서 얻어진 구조가 진실이라면, 그 결과를 겸허히 받아들이고 그를 바탕으로 논문을 쓰기로 했다. 실험결과에 과도하게 집착하면 몸과 마음이 어떤 고통에 빠지게 되는지 이번 일을 통해 절감했다. 현상에 바람을 덧붙여 과하게 기대하고 집착한다고 해서 바라는 결과가 주어지는 게 아니었다. 100번을 해도 결과는 내 마음대로 할 수 없는 것이다. 헛된 기대가 커질수록 이 단순하고도 근본적인 진리를 망각하게 된다.

얼마 후 기다리고 기다리던 실험결과가 도착했다. 지금까지 얻어진 실험결과와 달랐다. 실험오차를 줄이기 위해서 검증을 거친 과정도 확인했다. 실험은 언제든, 어디에서든, 누구의 손에서든 동일한 결과가 재현돼야 한다. 결과를 살펴보며 나 또한 동일한 방법으로 최종확인 작업에 들어갔다.

지난번과 동일한 방법으로, 한 번 더 정확한 검증을 한 뒤에 결과를 마무리 짓기로 했다. 어떤 결과가 얻어지든 온전히 받아들이기로 마음을 비웠다. 실험으로 검증된 객관적 진실이 중요했다.

드디어 마지막 결과가 나왔다. 지난번과 달리 구조는 거의 유사한데 중간에 새로운 원자를 중심으로 결정이 자라 있었다. 분명 동일한 방법으로 실험했는데 '이건 또 뭐지?' 싶었다. 당황에 당황을 거듭했지만 실험결과는 거짓말을 하지 않기 때문에 일단 놀란 가슴을 진정시키고 원인을 살펴보았다. 그리고 실험방법에서 미세한 차이점을 발견했다.

정제과정에서 정수기 필터처럼 걸러주는 역할을 하는 물질, 셀라이트(Celite, 규조토)를 지난번과 다른 새 제품을 사용했다는 데 차이가 있었다. 지난번과 제조사가 다른 제품이었는데, 극미량의 성분 차이라도 조성이 천차만별로 달라질 수 있다. 지난번 사용한 것과 이번 실험에 사용한 2가지를 분석기관에 맡기고, 또 다른 차이점은 없는지 실험노트를 일일이 대조해보니 그 외 다른 것들은 동일했다.

진실에 점점 가까워지고 있었다. 분석결과를 확인해보니 가장 큰 차이는 칼슘, Ca의 원소함량이 이번 것이 10배 이상 많다는 것이 차이점이었다. 혹시 결정구조 중심에 자라난 새로운 원자가 Ca 원소이지 않을까 짐작이 갔다. 결정의 크기나 길이로 봐서 Ca이 유력하다고 모두가 동의했다. 그렇게 중간물질 구조를 다듬고, 반응성을 정리한 끝에, 논문 한 편을 완성했다. 해외저널에 투고까지 바로 진행했다. 드디어 생애 첫 논문을 투고한 것이다.

내 손을 떠났으니 결과는 기다릴 수밖에 없었다. 해외저널에 논문을 투고할 경우, 그 저널의 편집장이 해당 분야 리딩그

룸에 논문을 보내 심사를 요청한다. 레프리(Referee), 심사위원이 논문을 살펴보고 게재할 만한 당위성이 있는지 여부를 판단한다. 실험결과에 관한 의문점이나 문제점을 지적하면 그 점을 리비전(Revision), 수정하여 다시 투고하고 결과를 기다린다.

보통 두세 차례 수정과 보완 후에 이상이 없으면 논문으로 게재되지만, 완강하게 반대하는 심사위원이 있다면 다른 저널에 다시 투고를 해야 한다. 내가 투고한 논문은 한참이나 연락이 없었다. 마음이 편하지만은 않았지만 기다리는 것 말고는 딱히 방법이 없었다. 어떤 피드백이 올까? 이제부터 '진짜 시작'이라는 생각이 들었다.

독한 레프리한테
제대로 걸렸다

오랜 시간, 무수히 많은 시행착오 끝에 작성한 논문을 해외 저널에 투고했다. 후련한 마음도 잠시, 보통은 한 달 안에 피드백이 온다는데 3개월이 지나도 아무런 소식이 없었다. 혹시 발송이 제대로 안 됐나? 실수로 누락된 건 아닌가? 별별 생각이 다 들었다. 그로부터 며칠 후 교수님이 갑자기 오피스로 급히 부르셨다. 드디어 해당 저널로부터 심사결과가 도착한 것이다.

다행히 한 방에 거절을 뜻하는 'Reject'는 아니었다. 대신에 아주 빡빡한 질문들이 빼곡하게 채워진 3장짜리 리비전을 받았다. 추가실험 및 보충실험도 요구됐다. 일단 완전 거절은 아니라는 기쁨은 잠깐이었다. 자료를 들여다보고 있으니 앞이 막막했다. 수정기한도 길지 않았다. 3개월 안에 모든 실험을 완료하고 정리해서 송부해야 했다. 추가로 요구된 실험들이 간단한 것들이었다면 좋았겠지만 꽤나 까다로웠다.

리비전을 충분히 읽어보고 어떻게 대응할 것인지 전략을 세운 다음 교수님과 상의하기로 했다. 혼자서 곰곰이 3장짜리 리비전을 정독해봤지만 도무지 아무런 전략도, 아이디어도 떠오르지 않았다. 우여곡절 끝에 논문을 작성했는데 또 그 과정에 버금가는 수정이 기다리고 있었던 것이다.

막막하고 답답할 때, 머리가 지끈거리기 시작할 때는 바깥 공기를 쐬면서 걷는 게 상책이다. 오늘은 이만 조금 일찍 퇴근하기로 하고 생각을 정리할 겸 걸었다.

실험실에 오래 남아 있는다고 반짝, 아이디어가 떠오른다는 보장이 없었다. 이럴 때는 일보후퇴가 나을 수 있다. 우선 생각을 정리하는 게 중요하다. 머릿속이 복잡하고 눈앞이 캄캄할 때는 기숙사로 돌아가는 길에 걷고 또 걷는다. 누구의 눈치도 보지 않고 온전히 나의 속마음을 들여다보는, 진짜 나와 만나는 시간이다.

실험실에 있을 때만 해도 지나가는 사람들이 '뭔 놈의 리비전이 이렇게 많냐' '이렇게 빽빽한 건 처음 본다' '독한 레프리한테 걸렸네' 하며 한마디씩 건넸다. 아무렇지 않은 척했지만 속으로는 막막했다. 실험실에서 나와 차가운 밤공기를 맞으며 걷자 숨통이 트이는 것 같았다. 쌀쌀한 기운이 온몸을 스치면서 소란스러웠던 머릿속도 맑아졌다.

어쨌든 해당 저널로부터 단번에 거절통보를 받은 것은 아니다. 허나 꽤 많은 분량의 수정사항이 돌아왔다. 나는 참 뭐든 쉽고 수월하게 되는 일이 없었다. 그래도 졸업할 때까지 논문 한 편이나 완성할 수 있을까 했는데, 여기까지 온 게 어딘가 싶기도 했다. 그렇게 마음속에서 '상황에 대해 불평을 늘어놓는 나'와 '상황을 어떻게 해서라도 긍정적으로 바라보려는 나'의 힘겨루기가 이어졌다.

경험적으로 알게 된 사실은 몸 컨디션이 아주 피곤하고 힘들 때는 생각도 긍정적으로 이어지지 않는다는 것이다. 특히나 매우 춥고, 피곤하고, 잠이 부족해서 신경이 곤두서 있을 때는 부정적인 생각이 지배적이었다. 기숙사로 돌아와 일단 바나나를 하나 까서 우적우적 씹어먹으며 전기장판을 켰다. 피곤한 몸을 좀 지지면서 일찍 숙면을 취하기로 했다.

푹 자고 일어나서 내일 아침에 다시 맑은 정신으로 3장짜리 리비전을 들여다보기로 했다. 앞으로 무슨 일을 어떤 방법으로 헤쳐나가야 할지 알 수 없지만, 그래도 지금까지 버텨온 걸 생각하면 또 어떻게 되지 않을까 싶었다. 그러니 너무 스트레스 받지 말기로 했다.

내일 일은 내일 온전히 고민하면 된다. 내일의 고민을 앞당겨서 미리 할 필요가 없다는 것, 이것도 대학원 생활을 하면서 몸소 배운 것 중 하나다. 내일 고민은 내일!

속이 뻥 뚫리는 사이다!
드디어 첫 논문을 발표하다

    산 넘고 물 건너 투고한 첫 논문은 수정작업 또한 만만치 않았다. 논문 심사위원 세 명 중 두 명이 까다로운 추가실험을 요구했다. 수정기한으로 주어진 3개월 안에 간신히 첫 번째 수정을 완성해서 송부를 했다. 하라는 추가실험을 모두 완료했기 때문에 일단 결과를 기다려보기로 했다. 송부한 지 한 달이 안돼서 다시 답변이 왔는데, 마지막으로 한 가지 의문을 더 제기하면서, 그에 대한 추가실험을 진행한 후 결과를 송부해달라고 적혀 있었다.

    '또 추가실험이라고?' 놀라서 자세히 살펴보니, 다행히 큰 흐름에 해당하는 게 아닌 지엽적인 부분이라 안심했다. 교수님과 상의하여 기한 안에 요구사항을 마무리 짓고 두 번째 리비전을 완성하기로 했다.

    내가 첫 번째 논문으로 애먹는 걸 고스란히 옆에서 지켜보던 실험실 사람들은 '참 징하다'라는 표현을 했다. 그래도 한 방에 거절당한 건 아니니 다행이라고 위로해줬다. 정성과 성의를 보이면 좋은 결과가 있을 거라고 용기도 북돋아줬다.

    실험실 선배들은 두 번째 리비전 중이라는 내 말에 '그 정도면 이제 거절당할 일은 없을 테니까 힘들더라도 끝까지 레프리가 요구하는 대로 잘 마무리하라'고 조언해줬다. 그동안 한순간도 몸과 마음이 논문에서 벗어나 쉬었던 적이 없었다. 한시도 긴장의 끈을 놓을 수가 없는 과정인지라 장기간 피로가 쌓여 있었다. 거기다 리비전까지 하면서 체력적으로도 힘에 부쳤다.

    매일 리비전 실험을 하면서 항상 눈이 뻑뻑하고 어깨가 결렸다. 머리는 지끈지끈 아프고 몸은 무거웠다. 전형적인 몸살 증상이었다. 푹 쉬면 좀 나을 텐데 마음 놓고 쉴 수도 없는 상황이었다. 울며 겨자 먹기로 어떻게 해서든 실험을 서둘러 마무리하려고 애쓴 끝에, 드디어 두 번째 리비전을 완료하여 송부했다. 장기간에 걸친 논문 심사과정 동안 누적된 피로감이 한꺼번에 덮쳐왔다. 심사위원으로부터 최종 승인, 'Accept' 통보를 받기 전에는 다 끝난 게 아니었지만, 일단 심사결과가 도착할 때까지 한시름 놓고 쉬기로 했다.

그리고 얼마 후 메일함을 확인하는데, 교수님이 전달한 메일이 한 통 와 있었다. 원 발신자는 해당 저널 편집장. 두근두근 떨리는 마음으로 메일을 열어봤다. 최종적으로 마이너(Minor)한, 작은 리비전을 추가하는 조건으로 논문을 수락한다는 메일이었다. 두 번째 리비전을 송부한 지 1주일 만에 최종 승인 메일을 받은 것이다.

작년 겨울, 찬바람이 불기 시작할 때부터 시작한 논문이 겨울과 봄, 여름을 지나 초가을에 접어들 무렵이 돼서야 드디어 한 편의 논문으로 세상에 나오게 된 것이다. 마치 엄마 뱃속에서 10달 동안 품고 있던 아기가 세상 밖으로 고개를 내민 것 같았다. 그때 '이제 드디어 논문을 한 편 썼으니 지금까지 이곳에서 보낸 시간이 허송세월이 되지만은 않겠구나' 하는 안도감이 들었다. 다들 자기 할 일 알아서 척척 잘만 하는데, 나 혼자만 실패를 거듭하며 속절없이 귀중한 시간을 흘려보내는 건 아닌가 하는 걱정이 늘 마음 한편에 자리 잡고 있었다.

그동안의 염려가 순식간에 녹아내렸다. 지나가던 선배들이 이메일을 봤는지 '야, 축하한다!'라며 축하인사를 건넸다. 고마웠지만 이 순간을 홀로 고요히 마주하고 싶은 마음에 실험실에서 살짝 빠져나와 나만의 카렌시아 자판기로 향했다.

사이다를 한 캔 뽑아 들고 벌컥벌컥 들이마시자, 그날 따라 어찌나 맛있던지! 사이다 속 탄산과 함께 그동안 힘들고 서러웠던 마음을 날려보냈다. 마음속 깊이 '감사합니다! 감사합니다!'를 얼마나 외쳤는지 모른다. 부족한 실력으로 도저히 불가능할 것만 같았던 첫 논문 발표를 드디어 해냈다. 너무도 감사했다. 앞으로는 큰 욕심보다는 순수한 마음으로 연구에 몰두할 것을 다짐했다.

세상에 불가능은 없다. 사람마다 시간이 더 걸리고 덜 걸리고의 차이만 있을 뿐이다. 그 사람의 능력과 자질도 물론 중요하지만, 끝까지 해내고자 하는 의지가 있다면 세상에 불가능한 일이 없다는 것을 온몸으로 체득하게 됐다.

한 편의 논문을 쓰며
나는 완전히 달라졌다

　3년 차, 여름에서 가을로 접어들 무렵, 첫 논문을 발표했다. 인생은 한 치 앞도 알 수 없다는 말을 제대로 실감했다. 3년 차 초기 때만 해도 사수선배가 갑자기 졸업을 하고 너무도 막막했다. 그때까지 먼지 한 올만큼의 결과나 실적도 없었다. 그 당시에는 맨땅에 삽질만 할 뿐이었다.

　지금부터 딱 1년만 후회 없이 노력해보고 도무지 희망이 보이지 않으면 1년 뒤 보따리를 싸기로 마음먹었다. 박사과정을 밟을 역량이 받쳐주지 않는데 실낱같은 희망에 기대서 20대 귀중한 시간을 낭비하기는 싫었다. 그렇게 50% 확률로 1년 뒤 이곳 생활을 접고 떠나겠다는 결단을 내렸다. 그러자 오히려 마음이 가벼워졌고 실험에 집중할 수 있었다.

사수선배가 졸업한 뒤에 그 연구분야를 계속 배워온 내가 책임감으로 연구를 이어나갔지만 그 과정이 순탄하지만은 않았다. 반드시 결과를 보겠다는 의도를 내려놓고 실험결과에 온전히 마음을 열자, 실험결과를 투명하게 받아들일 수 있었다. 실험결과 속에 꼭꼭 숨어 있는 결정적 단서를 찾고, 그 흔적을 따라가려다 보니 산전수전도 겪었지만, 그간의 연구결과를 한 편의 논문으로 마무리할 수 있었다.

인생에서 내 마음대로 되는 일은 하나도 없다. 할 수 있는 건 마음을 비우고 온전히 임하는 것뿐이다. 실패를 통해 고쳐야 할 점은 고치고, 방향을 바꿔야 한다면 기꺼이 수정에 돌입해야 한다. 오히려 과도한 기대나 자의적 해석은 경계해야 한다. 헛된 집착을 불러일으키고 들뜨게 만들어 에너지 소모가 심하다.

논문 한 편을 쓰는 과정은 마치 아기가 태어나는 출산과정과 비슷하다. 새로운 연구 아이디어를 10달에 가까운 시간 동안 품고, 그 아이디어가 싹트고, 가지를 뻗어, 열매를 맺을 수 있도록 하는 과정이다. 연구자가 할 일은 그 아이디어가 씨앗 속에만 머물지 않도록 물을 주고, 영양분을 줘서 세상 밖으로 이끌어주는 것이다.

논문 한 편을 완성하는 동안 큰 변화를 겪었다. 그 과정에서 알게 된 것이 있다. 첫째, 실험결과를 온전히 믿어야 한다는 것이다. 그전에는 자신감 부족으로 실험결과가 반복해서 A가 아니라 B라고 말해도 믿지 못하고, 나 자신의 능력만 의심했다. 실험결과가 B를 가리켜도 권위 있고 경험 많은 사람이 A를 가리키면 그에 무게를 실었다. 동일한 실험을 무한반복해보며 알게 됐다. 실험결과는 거짓말을 하지 않는다. 자연현상은 투명하고 정직하다.

둘째, 실험을 하기 전에도 시간을 들여 고민해야 하지만, 결과를 해석할 때는 더 많은 시간을 쏟을 필요가 있다. 예전에는 시간에 쫓겨서 뭐라도 해야 한다는 바쁜 마음으로 허둥지둥 실험을 했다.

결과가 나온 뒤에 차분히 들여다보는 집중력이 부족해서 실험 한 번으로 3가지를 유추해낼 수 있음에도 표면적인 결론 이상을 못 얻었다. 논문을 쓰면서 가장 크게 변화한 부분이 바로 이것이었다. 실험결과를 끝까지 파고들어 결론을 도출하고, 그 결과를 바탕으로 새로운 사실을 유추해낼 수 있게 됐다. 즉 새로운 가능성을 발견하는 힘이 생겼다.

의외의 실험결과를 직면하더라도 예전 같으면 '내가 또 뭘 잘못했나봐. 이상하다, 이상해!' 하고 처박아뒀을 텐데, 이제는 다른 가능성을 고려해볼 힘이 생긴 것이다. 당황하거나 방황하기보다 원인을 찾고 해결하는 데 집중하게 됐다.

이렇게 한 편의 논문을 쓰는 과정을 거치면서, 내 논문이 산 넘고 물 건너 완성까지 도달하면서 나라는 사람의 사고체계가 완전히 달라졌다. 이제부터 본격적인 연구를 시작할 때가 된 것이다.

[PART 8]

나를 믿는다는 것

– 언제나 답은 바깥이 아닌 내 안에 있었다

끝이라고 생각했을 때 끝이 아니었음을,

실패가 실패가 아니었음을,

나를 온전히 받아들였을 때 새로운 가능성이 펼쳐질 수 있음을,

잊지 않을 것이다.

목표를 달성한 사람의
비밀 3가지

　대학원 입학 후 가장 부러웠던 사람은 제1저자 논문을 발표한 사람들이었다. 초등학생 눈에는 대학생 언니오빠가 아주 대단해 보이듯이, 대학원 생활에서 제1저자로 연구논문을 3편 이상 쓰고 졸업하는 선배들은 나와는 급이 다른 존재 같았다. '저 사람들은 도대체 어떤 사람들이길래 그 어려운 일을 해냈단 말인가?' 사막에서 삽질을 통해 오아시스 물줄기라도 발견해낸 사람들처럼 대단해 보였다. 그들은 도대체 어떤 능력과 자질을 겸비했기에 무에서 유를 창조해낼 수 있었을까? 매번 궁금했다.

　나는 각고의 노력으로 이제 겨우 제1저자 논문을 한 편 발표했다. 교수님은 졸업하려면 제1저자 논문 2편은 써야 된다고 하셨다. 한라산에서 백두산까지 등반해야 졸업할 수 있다면 나는 이제 겨우 경상도에 있는 팔공산을 지나고 있는 셈이었다. 내가 속한 실험실뿐만 아니라 다른 실험실 사람들을 보면서 논문을 한 편이라도 쓴 사람과 쓰지 못한 사람의 차이점이 궁금했다. 성별, 나이, 대학원 연차에 상관없는 차이점이 있지 않을까.

그렇게 발견한 첫 번째 차이점은 '자신감'이었다. 논문을 한 편이라도 쓴 사람들은 공통적으로 눈빛과 말투, 태도에서 자신감이 배어 나왔다. 세미나 시간에 질문을 하거나 상반되는 의견을 제시할 때도 목소리나 어조에 자신감이 묻어났다. 왕초보 시절, 나 역시 뭐라도 빨리 연구결과를 발표해서 논문을 발표한 사람들이 풍기는 자신감을 장착하고 싶었다.

두 번째는 '행동력'이었다. 다른 연구실 선배 한 명은 기숙사에 누워 있다가 갑자기 아이디어가 떠오르면 새벽 3시에도 실험실로 달려가 실험을 했다. 그 결과가 궁금해 미칠 지경이라 다음 날 아침까지 기다릴 수 없었다고 했다. 어떤 선배는 연구 방향을 상실해서 머리가 터질 것 같을 때는 잠시 포항을 탈출했다. 어딘가에 수감된 사람처럼 24시간 안에 다시 기숙사로 복귀해야 했지만, 오히려 더도 말고 덜도 말고 딱 24시간, 실컷 놀고 나면 열심히 하게 됐단다.

세 번째는 '끝까지 파고드는 끈기와 끝내 버텨내는 인내심'
이었다. 첫 논문을 쓰고 프랑스 학회에 다녀오는 길에 세계적
인 석학 그룹에서 포스닥을 연수한 교수님과 이야기를 나눌 기
회가 있었다.

　"교수님도 연구하면서 실패로 슬럼프에 빠질 때 없으신지
요? 그런 때는 어떻게 극복하시나요? 비결이 있으신가요?"

　내 질문에 교수님은 이렇게 답하셨다.

　"얼마나 많이 실패했는지 몰라. 하지만 항상 스스로 이 말을
되새겼어. 오늘 10가지 실험이 몽땅 실패하더라도 내일 다시
10가지 실험을 건다."

　그 말을 듣는 순간, '내일 지구가 멸망하더라도 한 그루의 사
과나무를 심겠다'는 어느 철학자의 말이 떠올랐다. 교수님이
해주신 이야기와 의미가 통하는 것 같았다. 교수님은 세계적으
로 유명한 교수님의 지도 하에 포스닥을 수련했다. 그때 리딩
그룹에서 직접 경험한 비결이 있다며 자세히 알려주셨다.

　"그 당시 중국인이나 동양계 포스닥이 많았는데 그들과의
경쟁에서 뒤처지지 않으려면 오로지 저 방법 밖에 없었어. 오늘
10가지 실험을 하고, 망하든 성공하든 일희일비하지 않고, 내
일 또 10가지 실험을 하는 것이 성공비결이었어. 실험이 잘된
다고 들뜨지 말고, 잘 안된다고 의기소침하지 말고 그냥 한결

같이 매일매일 10가지 실험을 하는 거지. 그게 세계적으로 유명한 교수님 밑에서 배우면서 알게 된 최고의 비법이야."

프랑스에서 테제베 열차를 타고 학회장으로 이동하던 중에 들었던 교수님의 성공비법은 오랜 시간이 지나도 잊히지 않았다. 어쩌면 그것은 모든 일을 이룰 수 있는 성공비법이 아닐까.

하나를 읽고
열을 알아내는 법

　첫 논문 발표 후에 며칠 축하턱을 내고, 실컷 축하도 받으며 상상도 못 했던 나날을 보냈다. 그러는 와중에 사실 온전한 기쁨보다는 '이제 살았다'는 안도감이 더 강했다. 이제 생존은 보장됐으니 지금부터 본격적으로 먹거리를 찾아 길을 나서야 했다. 예전에는 변변한 장비 하나 없이 숟가락으로 황무지 땅을 파냈다면 이제부터는 물이 나올 만한 땅을 골라 파내야 했다. 물이 나오기 시작하면 지나다니는 사람들이 퍼마실 수 있도록 조그만 우물 하나를 만들어 공급하는 일을 시작해야 했다.

　그동안은 허둥지둥 정신없이, 힘은 힘대로 쓰면서 소득이 없었다. 손에는 물집만 잡히고 아무런 성과도 얻지 못했다. 아무런 준비도 돼 있지 않았던 것이다. 어떻게 해서든 빨리 결과를 내야 한다는 조급함만 앞서서 들인 시간과 에너지 대비 얻는 결과는 제로에 가까웠다.

돌이켜보면 그때 삽질을 통해서 기초체력을 다지고 이것저것 배운 것도 많았다. 땅을 제대로 파고자 한다면 숟가락으로 설쳐서는 안 된다는 것을 확실히 알았다. 의욕만 앞서서 무작정 덤비다가는 손에 물집만 가득 잡힌다는 것도 알게 됐다. 삽질도 힘들었지만 헛된 경험은 아니었다.

한 편의 논문을 완성한 뒤 1주일은 아드레날린 증후군에 시달렸다. 엄청난 긴장과 스트레스 속에서 뭔가에 몰두하다가 갑자기 그 대상이 사라져버렸다. 다시 처음으로 돌아가 새로운 연구주제를 찾아야 하는데 영 실감이 나지 않았다. 시청률이 30%가 넘는 주말 드라마의 클라이맥스를 보다가 갑자기 새로운 드라마의 첫 회를 보는 느낌이랄까.

그래도 다시 처음으로 돌아갔다. 새로 쓸 만한 연구주제를 찾고 논문을 읽는 작업이 시작됐다. 뭐가 뭔지도 모르고 의욕만 앞섰던 1년 차 때와 비교했을 때 크게 달라진 점은 논문 한 편을 읽을 때 시간 가는 줄 모르고 집중하게 됐다는 점이다. 미하이 칙센트미하이 교수의 『몰입』을 보면, '우리는 한 가지 일에 아주 깊이 몰두할 때 시간의 흐름을 느끼지 못한다'는 구절이 나온다. 언제나 뭐라도 빨리 쓸 만한 주제를 찾아야 한다는 조급증 때문에 논문 한 편을 깊이 들여다보질 못했는데 앉은 자리에서 몇 시간이고 읽게 됐다.

논문을 읽는 시각도 달라졌다. 이 저자가 왜 도입부에서 이런 내용을 소개했는지, 자신의 연구결과를 어디까지 제시하고, 어느 부분이 이 논문의 하이라이트인지가 눈에 들어왔다. 연구결과를 정리한 표 테이블에서 유독 반응성이 낮은 예시를 보고 '저 반응성이 조금만 더 높았다면 훨씬 유명한 저널에 투고해 볼 수 있었을 텐데' 하는 통찰력도 생겼다.

참고문헌을 따라가며 1960년대, 1970년대에 해당 분야의 연구를 처음 시작한 저자들이 쓴 논문도 읽어봤다. 나도 모르게 논문에 빠져들어서 읽다 보니 강 상류를 거슬러 오르게 된 것이다. '이곳에서 이 연구가 이어지다가 가지가 뻗어나갔구나' 하고 확인할 수 있었다.

최근 들어 그 분야의 연구가 꽃피우고 열매를 맺게 된 마디도 눈에 보였다. 나무가 아닌 숲이 눈에 들어오기 시작했다. 깊게, 멀리 볼 수 있는 힘이 생긴 것이다. '이것만 해결되면 히트칠 수 있을 텐데' '이 부분만 뛰어넘으면 다른 분야에 적용도 가능할 텐데' 하는 아이디어가 쏟아졌다.

그렇게 한 편을 읽자고 앉았는데, 나도 모르게 10편 이상의 참고문헌을 훑게 돼버렸다. 시간이 얼마나 지난 건지, 배가 고픈지도 몰랐다. 그저 논문 스토리에 푹 빠져 다음에는 시도해볼 만한 아이디어를 많게는 10가지씩 연구노트에 적어두었다. 시약이 도착하는 대로 하나하나 검증해보고 싶었다.

하나를 읽고 열을 내다볼 수 있는 힘이 붙기 시작했다. '결과가 이렇게 나올 경우에는 이것까지 시도해볼 것'이라는 곁가지도 그리게 됐다. 입체적인 연구가 시작된 것이다.

성공과 실패를 가르는
결정적 단서

새로운 논문테마를 찾으려고 논문을 훑다가, 참고문헌에서 아주 오래된 논문 하나를 발견했다. 마치 오래된 고서 같은 느낌을 주는, 1970년도 옛날 논문이었다. 지금은 아무도 다루지 않지만 그 논문에서 언급한 물질을 만들어서 최근 유행하고 있는 반응에 적용해보면 어떨까 하는 생각이 들었다.

그러다가 예전에 졸업한 선배의 졸업논문에도 그 물질이 소개돼 있다는 사실을 발견했다. 서둘러 읽어보니 딱히 뚜렷한 반응성을 보이지 않아 그저 예시 중에 하나로 실려 있을 뿐이었다. 그래도 참 신기했다. 7년 전에 졸업한 선배도 그 물질에 대해 흥미를 느꼈었나 싶었다.

『시크릿』 같은 잠재의식 관련 책에서 말하는 우연성의 법칙, 싱크로니시티(synchronicity)를 그때 몸소 겪었다. 이상하리만치 그 물질에 끌려서 만들어보기로 했다. 물론 마음먹은 대로 처음부터 능숙하게, 뚝딱 만들 수 있으면 얼마나 좋겠냐만은 시행착오 과정이 있었다. 이제 이 정도는 당연하게 받아들이고 되는 방법을 찾는 데 시간과 에너지를 집중했다. 몇 차례 실패와 시행착오를 거치면서 결국 그 물질을 만드는 데 성공했다.

졸업한 선배의 논문에서는 반응성이 '20% 미만'이라고 적혀 있었는데, 사실 그 말은 애매했다. 가능성이 제로는 아닌데 어쨌든 20% 안쪽이라는 말이었다. 그래도 그렇게 명시돼 있으니 반응성을 드라마틱하게 올릴 수 있는 방법을 찾아보기로 했다.

새로 만든 물질로 실험을 하고 분석기기에 샘플을 넣자, 선배가 논문에 적어놓은 것과 반응성이 비슷하게 나왔다. 나머지 샘플도 비슷한 조건에서 반응했으니 결과는 마찬가지일 것 같았다. 하지만 미세하게 조건이 다를 경우 반응성이 달라질 수도 있으므로, 끝까지 분석을 완료하기로 했다.

어느덧 저녁 시간이 됐다. 분석기기 앞에 샘플을 가져다 놓고 저녁을 먹고 와서 1시간 후에 남은 샘플을 분석하기로 했다. 처음 반응 직후에 분석한 샘플은 그냥 두고, 그다음 샘플, 즉 실험이 끝나고 분석기기 앞에 1시간을 놓아둔 샘플을 기기에 주입했다. 무심하게 분석결과를 확인하다가 놀라 자빠질 뻔했다. 분명 같은 물질로 반응한 샘플이었는데, 반응이 종결된 직후 싱싱한 샘플을 분석했을 때는 반응성이 미비했는데 이상했다! 저녁을 먹고 실험실로 돌아오는 1시간 동안 반응이 85%가량 진행돼 있던 것이다.

왜 반응 직후에 분석했을 때는 반응성이 10% 미만이었는데, 1시간 후에는 85%나 진행된 것인지 알 수 없는 현상을 목격했다. 그것도 분석기기 앞이라는 환경에 1시간을 노출했을 때 반응이 진행됐다. 보고도 잘 믿기지 않아서 어안이 벙벙한 채로 잠시 앉아 있었다. 그러다 처음 반응 직후에 분석한 샘플이 생각났다. 그것도 1시간 동안 분석기기 앞에서 노출됐으니 그 샘플을 다시 분석해보자 싶었다. 확인해보니 반응이 똑같이 85% 진행돼 있었다.

내가 봐도 믿기지 않는 이상한 결과를 품에 안고 실험실 선배들, 교수님과 심도 있게 대화를 나눠봤다. 하지만 그 누구도 명확한 해결책을 제안해줄 순 없었다. 팩트는 분석기기 앞에서 반응이 진행된다는 것이다. 그 조건을 찾아내면 논문으로 탄생할 수 있지 않을까 하는 예감이 들었다.

그날 밤 미친 척하고 분석기기 앞, 샘플을 두었던 똑같은 높이에 탑 같은 걸 쌓아서 높이를 정확하게 맞춘 다음, 그 위에서 반응을 돌렸다. 실험실 사람들이 '너 지금 도대체 뭐하냐? 이 탑은 또 뭐야? 너 정말 여기서 밤새 반응 돌릴 거냐?' 하고 진지하게 물어왔다. 내가 봐도 그 탑 위에서 반응이 돌아가는 모양이 괴상했다. 하지만 단서를 찾기 위해서는 어쩔 수 없었다. 다음 날 반응이 100% 진행된다면 거기에서 무조건 반응이 일어난다는 게 팩트이므로 그 방법을 백방으로 찾으면 된다. 탑처럼 쌓은 그 위에 반응을 돌려놓고 다음 날 출근하기까지 거의 뜬눈으로 밤을 지새웠다.

과연 나는 단서를 찾아 두 번째 논문을 쓸 수 있을 것인가? 아니면 하나의 해프닝으로, 뻘짓으로 끝날 것인가?

사실은
되어가는과정이다

"이게 도대체 뭐예요? 지금 뭐하는 거예요? 넘어지지 않을까요?"

예전 같았으면 '또 무시하나? 괴상한 사람 취급받게 생겼네'라는 생각에 망설였을지도 모른다. 사실 더 망가질 이미지도 없었다. 나를 어떻게 볼까 염려 따위도 전혀 없었다. 머릿속은 온통 '도대체 왜? 실험실 후드에서는 0%였던 반응이 여기서 80%나 진행됐을까?' 그 차이점이 뭔지에 대해서만 몰두할 뿐이었다.

빛, 온도, 습도 반응의 3대 조건을 충족시키려면 필요한 당량만큼의 물질을 넣어주어야 한다. 그 외에 뭐가 있을까를 고민하며, 분석기기 앞에서 반응이 뱅글뱅글 돌아가는 모습을 바라보고 있었다. 그러다 무심코 천장을 올려다보는데, '아! 맞다! 혹시 형광등? 혹시 빛인가?' 하는 생각이 번뜩였다.

마이크로웨이브를 비추면 냉동만두도 10분 만에 녹지 않던가! 식물은 햇빛을 받아서 광합성을 하지 않았던가! 순간 섬광이 온몸을 훑듯 직관이 스쳤다. 분석기기 앞은 온도가 엄청 높은 것도 아니고 자기장이 스며나오는 것도 아니었다. 육안으로 봤을 땐 큰 차이가 없어 보였다. 가장 의심되는 환경의 차이는 밝기였다. 형광등에서 나오는 빛의 세기가 확연히 달랐다.

가설을 확인하기 위해 다른 실험실에서 빛으로 실험할 수 있는 전문 반응기를 빌려왔다. 다시 한 번, 실험을 확인해본 결과 명중이었다! 온도 차에 의한 '열 에너지'나 일체의 첨가물 없이 형광등 '빛'에만 노출시킨 결과, 반응이 매우 빠르게 진행되었다. 반응 시간도 매우 단축됐다.

예전에 1년 차 때 실험결과를 검증 없이 허겁지겁 교수님께 알려드렸다가 상황을 수습하느라 무지 고생했던 적이 있다. 그때 경험으로 비춰봤을 때 좋은 소식일수록 여러 번 검증을 통해 정리한 다음, 향후계획을 포함해서 보고드리는 게 맞았다.

진행 중인 실험에 대해 처음과 끝까지 정확하게 판단한 뒤, 앞으로 가능성까지 연구자인 내가 책임지고 제안한다. 예전에는 매주 돌아오는 주간미팅 때 '이번 주는 뭘로 돌려 막지? 이번 주는 또 뭘로 먹고살지?'라는 생각에만 급급했다. 두 번째 논문을 쓰면서부터는 대략적인 논문 스토리를 잡고 연구배경과 결과 및 전망까지 스케치를 그려놓고 실험을 진행했다. 밑그림이 있었기에 하루하루 선명하게 전체 그림을 그려갈 수 있게 됐다.

과거의 나에게는 큰 그림이나 스케치를 할 수 있을 정도로 마음의 여유가 없었다. '뭐라도 해야 한다'는 강박증에 사로잡혀 실험결과를 차분하게 들여다보는 힘이 부족했다. 반응조건 속으로 깊이 내려가 꿰뚫어보는 힘이 약했다. 한 편의 논문을 쓰는 과정을 겪으면서 연구에 임하는 태도가 확연히 달라졌다. 두 번째 논문을 위한 실험을 통해서 또 한 번 큰 변화가 일어났다.

실험을 하기 전에 여러 번 생각하고, 실험결과를 해석하는 데 시간을 더욱 많이 보내게 됐다. 예측했던 대로 실험결과가 맞아떨어질 때의 짜릿함이란 이루 말할 수가 없다. 시간이 가는 줄 모른 채 실험에 푹 빠졌다.

두 번째 논문은 첫 번째 논문에 비해 실험착수에서 논문 투고까지의 과정이 훨씬 단축되었다. 실험이 난항에 빠졌을 때 그것을 뒤집을 수 있는 힌트는 실험 속에 숨어 있었다. 안되는 것에는 안되는 이유가 반드시 있으니, 그걸 찾고 되는 방향으로 방법을 수정하면 결실을 얻을 수 있었다. 하루아침에 이루어지는 것은 아니지만 안되는 과정을 깊이 들여다보면 고쳐야 할 점이 보인다. 안되는 것도 실은 되어가는 과정인 것이다.

너 실험실에서
머리 말린다며?

  대학원에 나와 같은 학교 출신 멘토선배가 있었니. 선배는 석사를 졸업하고 대학원에 와서 오랫동안 연구원으로 근무했다. 나보다 오랜 기간 대학원에서 생활한 만큼 연구경험도 깊었다. 예전에 사수선배가 있었을 때는 사수선배, 멘토선배와 함께 가끔씩 학교를 벗어나 도시 느낌이 물씬 나는 곳에서 맛있는 밥을 먹고, 차도 마시며 대학원 생활의 스트레스를 풀곤 했었다.

  할 일이 태산 같아서 스트레스와 압박감에 시달리는 대학원생에게 먹방은 스트레스 해소에 최고였다. 라멘, 치즈 닭갈비, 피자, 초밥, 스파게티, 돈까스……. 그 시절 맛있는 한 끼는 지친 몸과 마음에 큰 활력소가 돼줬다. 학교 근처 효자시장에 가서 외식을 할 때면, 꼭 마인츠돔 제과점에 들러 맛있는 커피와 쿠키를 먹으며 당을 충전하곤 했다.

그날도 어김없이 멘토선배와 함께 시장에서 밥을 먹고 커피를 마시고 있었다. 갑자기 멘토선배가 이런 말을 했다.

"너 실험실에서 머리 말린다며?"

나는 마시던 커피를 뿜을 뻔했다.

"네?"

"다 소문났던데? 우리 실험실 학생은 네가 롤모델이래!"

"정말요?"

어리둥절했다. 그 이야기를 듣는 순간, 내가 실험실에서 머리를 말렸나? 떠올려봤다. 아침에 머리를 감고 미처 말리지 못한 채 출근했을 때가 종종 있긴 했었다.

한겨울에는 해가 짧아 시간을 더 당겨 아침에 8시 30분까지 출근하곤 했었다. 아침에 일어나서 주섬주섬 씻고, 머리를 말리고, 학생식당에서 밥을 먹고, 실험실에 가면 8시 20분이 됐다.

기숙사에서 느긋하게 머리도 말리고 출근하면 참 좋겠지만 보통 기숙사 방순이들도 밤 늦게까지 실험을 끝내고 들어와 아침에는 곤히 잔다. 최대한 소리가 나지 않도록 조심해야 하는 게 매너다. 그래서 머리를 말릴 때는 드라이기를 들고 휴게실에 가서 말려야 한다.

하지만 완전히 머리를 바싹 말리려면 시간이 오래 걸린다. 대충 머리가 어느 정도 말랐다 싶으면, 후드티 안에 머리를 돌돌 말아 쏙 집어넣고, 패딩 모자를 훅 뒤집어쓴 채로 기숙사를 나선다.

실험실에 도착하면 입김이 나올 정도로 얼어붙은 온도를 녹이려 히터와 라디에이터를 모두 켠다. 그렇게 일과를 시작한다. 아침에 실험하기로 한 것을 준비한 다음, 실험을 걸어놓는다. 여유가 좀 생겨서 자판기 커피도 한 잔 마신다. 그러다 젖은 머리 때문에 감기에 걸릴까봐, 실험후드에 있는 실험용 드라이기로 머리를 말리곤 했었다.

그 모습을 밖에 지나다니던 다른 실험실 사람들이 본 모양이었다. 그러니까 그 소문이 사실이긴 했다. 내가 생각해도 '요즘 좀 특이하다'라는 생각이 스칠 때가 있다. 다소 우스꽝스럽긴 하지만 그 모습을 변명하거나 숨기고 싶지는 않았다.

"우리 실험실 학생이 그러는데 너 눈빛에서 카리스마가 느껴진대."

후드에서 실험할 때 나도 모르게 초집중 모드가 발동되면 무척 신중해지는데 아마 그걸 보고 하는 말 같았다. 열심히 한다는 의미에서 하는 말이겠지만 왠지 부끄러워졌다.

"너도 연차가 있으니까 포스가 나오나 보지."

그러면서 멘토선배가 엄지척! 했다. 멘토선배는 늘 이렇게 나를 북돋아줬다. 내가 자신감이 없고 방황할 때마다 본인의 경험을 들려주며 큰 힘이 돼주셨다. 여기에서 연구하는 사람들이 겉으로는 강해 보이지만 누구나 속으로는 힘들어한다는 말도 들려줬다.

멘토선배를 통해 힘든 와중에도 꾸준히, 열심히만 해 나간다면 결실을 맺게 될 거라는 용기를 얻었다. 실험결과는 정직하기 때문에 시간이 무르익으면 반드시 결과가 찾아온다는 가르침을 받았다.

전에 내 첫 사수였던 스페셜한 선배도 갑자기 떠올랐다. 왕초보 1년 차 시절엔 내가 사수선배 정도의 연차가 되면 후배들에게 자신감 있는 모습을 보여주는 선배가 되고 싶다는 꿈을 꿨다. 시간이 흐르고 흘러 어느덧 나는 그 당시 선배의 연차가 되어, 눈에서 카리스마가 나온다는 이야기를 듣게 됐다. 세상에 불가능은 없고 마음속에 품은 꿈은 반드시 이루어지는 법이다. 내가 그것을 몸소 체험한 장본인이다.

펑! 소리와 함께
의식을 잃다

지금도 그 장면을 떠올리면 아찔하다. 4년 차, 실험에 한창 열심인 때였다. 반응에 쓸 용매를 담은 실험용 유리초자를 -70℃ 극저온 액체질소가 담긴 듀얼 플라스크에 넣고 꽝꽝 얼리고 있었다. 용매에 녹아 있는 산소를 제거하기 위한 정제과정이었다. 그런데 갑자기 펑! 하는 굉음과 함께 녹이는 중이던 유리초자가 터져버렸다.

그 소리가 어찌나 크던지, 순간 고막이 찢어진 줄 알았다. 놀란 가슴을 진정시킬 여유도 없이 실험후드 안을 바라보는데 손에 유리파편이 박혔는지 피가 철철 흐르고 있었다. 아픈 건 둘째치고 피가 흐르고 있어 얼른 세면대로 달려갔다. 손 말고 다른 곳은 괜찮은 것 같았다. 다행히 보안경을 쓰고 있었던 터라 눈은 다치지 않았다.

"무슨 일이야?"

터지는 소리를 듣고 실험실 선배들이 달려왔다. 나를 둘러싸고 괜찮냐고 물어보는데, 갑자기 확 어지러웠다. 초자가 터지면서 증발한 용매를 한꺼번에 들이마셔서 그런 것 같았다. 간신히 정신을 차리고자 안간힘을 쓰면서 손에 피를 씻어냈다. 그제야 심장이 마구 뛰고 있다는 게 느껴졌다. 속으로 '이럴 때일수록 침착하자'를 반복했지만 당장이라도 토할 것 같이 메스꺼움과 현기증이 일었다.

얼른 어디라도 앉아야 할 것 같아서 괜찮다며 자리로 돌아가는데, 그때부터 기억이 없었다. 도중에 그만 의식을 잃고 쓰러진 것이다.

어렴풋이 기억이 나는 건 펑! 하고 초자가 터지는 소리에 엄청나게 놀랐다는 것, 손에는 유리파편이 튀어 피가 흐르고 있었다는 것이다. 실험복과 안에 입고 있던 옷이 유기용매 증기에 젖어 축축했고 온몸에 용매냄새가 뱄다. 흐르는 피를 씻어내다가 갑자기 토할 것 같은 느낌이 몰려오더니, 화면이 흑백으로 변하고 귀가 먹먹해졌다. 그 뒤는 잘 기억이 나지 않는다.

선배가 너무 놀라서 나를 마구 흔들어 깨웠다는데 나는 아무런 기억이 없었다. 잠시 의식을 잃었다가 사람들이 큰소리로 이름을 부르고 흔들어 깨워서 눈을 뜬 것 같았다. 너무 어지럽고 토할 것만 같았다. 일단 입고 있던 옷을 갈아입어야겠다는 생각이 들었다. 간신히 기숙사에 가서 옷만 갈아입고 콜택시를 불러 병원에 갔다. 실험실 동기가 기숙사에 따라와주고 병원에도 함께 동행하며, 내가 괜찮은지 수시로 물어보고 걱정해줬다. 나 혼자서는 병원까지 가기가 힘들었을 텐데 동기가 옆에 있어줘서 참 든든하고 고마웠다. 몇 번이고 괜찮냐며 걱정해준 실험실 식구들도 참 고마웠다.

진찰을 받은 결과, 일시적 산소부족일 수 있다고 해서 우선 산소마스크를 착용했다. 1시간 정도 안정을 취한 다음, 피검사를 하고 기숙사로 돌아왔다. 기숙사에 있다가 다른 구토 증세나 특이사항이 있으면 즉시 병원에 와야 한다고 했다. 그날은 그냥 푹 쉬었다. 쓰러질 때 받은 충격 때문인지 온몸이 몸살이 난 것처럼 아팠다. 드문드문 유리초자가 터지던 순간이 생각나 놀란 가슴이 쉽게 진정되지 않았다.

사용한 유리초자에 미세한 크랙이 있었던 것 같았다. 얼었다가 녹으면서 그 압력을 버티지 못하고 터진 것 같았다. 앞으로 실험을 어떻게 해야 할지 막막하고 두려웠다. 교통사고를 경험한 운전자가 다시 운전대를 잡으려면 막막하듯 후드 근처에 가는 일이 두려웠다. 이만하길 다행이라는 생각도 들었지만 아무 일도 아닌 일은 결코 아니었다.

태어나서 처음으로 의식을 잃고 쓰러졌다. 의식을 잃을 때 이런 느낌이라는 걸 처음 경험했다. 토할 것 같은 느낌이 들면서, 주위가 흑백으로 보이더니, 주변 소리가 서서히 줄어들고 시야도 캄캄해졌다. 두 번 다시는 경험하고 싶지 않은 일이었다. 그 이후로 많은 것이 달라졌다. 실험을 할 때 몇 번이나 안전을 점검하고 확인하는 습관이 생겼다. 무슨 일이 생겼을 때 일단 침착한 태도를 유지하게 됐다.

어쩌면 대단한 성과나 결과는 나중 문제다. 지금까지 4년이라는 시간 동안 크게 다치지 않고 무탈하게 지내온 것만으로도 감사해야 할 일이었다. 잘하고 못하고는 위기의 순간에서 의미가 없다. 무탈한 하루의 소중함을 절실히 알게 됐다.

'안 될 거야'를 '될 거야'로
바꿔주는 걷기의 힘

　몸과 마음은 하나이므로 사람이 걷는 순간 뇌도 따라 움직이고 변하기 시작한다. 이 사실을 대학원 때 직접 몸으로 경험했다. 실험을 하다가, 논문을 보다가 혹은 논문을 쓰다가 꽉 막힌 미로 속에 갇힌 것 같은 느낌이 들 때면 슬며시 운동화를 신고 실험실을 나와 10분이라도 무작정 걸었다. 그렇게 걷기 시작하면 그날의 공기와 온도, 햇빛을 온몸으로 만끽할 수 있다.

　실험실은 오래 머물다 보면 눈이 침침해진다. 여러 명이서 단체로 생활하기 때문에 이산화탄소 농도도 높다. 산소가 부족한 환경에 있다가 상쾌한 환경에서 걷다 보면 부정적인 생각이 저절로 사라진다. 가슴이 뻥 뚫리면서 광활한 하늘 속을 걷고 있다는 느낌이 든다. 어느새 답답했던 마음이 사라진다. 15분 정도 지나면 실험실에서 끙끙 앓던 문제가 다시 머릿속에 떠오르는데, 생각만 해도 짜증나는 상황이 아니라 뭐가 문제였는지, 한결 여유 있고 누그러진 태도로 원인을 찾게 된다.

그렇게 걷고 나면 실험실 입구에 들어설 무렵에는 '아! 맞다. 이렇게 해보면 되겠네!'라는 아이디어가 떠오르거나 막막했던 마음에 여유가 생긴다. '그래, 어차피 안되는 거면 지금은 다른 일을 하다가 저녁에 다시 들여다보자.' 무슨 일이든 막막할 때 상황을 돌파하는 힘은 걷고 나면 생겨났다.

밖에 나가 한 바퀴 돌고 올 시간적 여유가 없을 때는 짬을 봐서 1층으로 내려갔다. 엘리베이터를 타는 대신 계단을 오르락내리락하면서 두 계단씩, 세 계단씩 가파르게 오르다 보면 바깥에서 산책하는 것 못지않은 걷기 효과를 얻을 수 있다. 문제에 직면해서 끝까지 파고들고 물고 늘어지는 것도 중요하지만, 아이디어가 고갈되었을 때는 사로잡힌 생각에서 벗어나 보는 것도 매우 효과적이다. 그 상황에서 잠시라도 빠져나와 전혀 다른 환경 속을 걷다 보면 언제나 큰 돌파구를 발견하곤 했다.

직접 경험을 통해서 알게 된 산책과 걷기 효과는 지금도 여전히 소중하다. 무슨 일이든 돌파구가 필요하거나 전환점이 필요할 때는 잠시 하던 일을 멈추고 밖으로 나간다. 햇빛을 쬐면서 발바닥에 땀이 나도록 걷는다. 그러면 생각도 못 했던 번쩍이는 아이디어가 떠오른다. 옹졸했던 마음도 허공 속에 풀어놓은 탁 트인 하늘과 같아진다. 그렇게 잘 안되던 일이 되어가는 일로 분명 바뀐다.

실패를 온전히 받아들이면
새로운 기회가 찾아온다

대학원에서 학위공부를 할 때 내 소원은 졸업이었다. 대단한 논문을 바라는 것도 아니었다. 잘나가고 싶은 욕심도 없었다. 그저 졸업요건을 채우고 때가 되면 졸업을 하는 것이 유일한 소망이었다. 어디 가서 졸업장을 내밀 정도의 졸업요건만 갖추면 좋겠다 싶었다. 마치 운전을 하기 위해 운전면허증을 따는 것처럼 말이다. 언제라도, 어디라도 안전하게 나 혼자 차를 몰고 갈 수 있는 운전면허증처럼 박사학위도 마찬가지다. 언제라도, 어디서라도 혼자 독립적으로 연구할 수 있는 자격증이라고 생각한다.

졸업만 하면 해피엔딩으로 끝날 줄 알았는데, 졸업만 하면 더 이상 바랄 게 없을 줄 알았는데. 허나 졸업한 뒤에도 삶은 이어졌고 새로운 국면이 펼쳐졌다.

졸업을 하고, 취업을 하고, 거기서 또 해결해야 할 일이 있었고, 넘어서야 할 고비가 있었다. 대학원 말년에는 졸업과 취업 외에는 아무것도 욕심내지 말고 그저 범사에 감사하며 살자고 다짐했었다. 어느 순간 환경이 바뀌면서 그 자리에서 요구되는 것이 달라졌다. 삶은 한시도 정체돼 있지 않았다. 나 또한 순간순간 변화의 흐름에 맞춰 유연하게 적응해 나갈 필요가 있었다.

회사에 취직해서 사회생활을 경험하고서야 알게 됐다. 학위과정은 마지막이 아닌 시작이었다는 것을. 진짜 경기를 하기 위한 예선경기였다는 것을. 대학원 땐 논문만 쓰면, 졸업만 하면, 취업만 하면 모든 것이 완벽하고 행복할 거라고 여겼더랬다. 회사생활을 해 나가면서 그때를 떠올려보니 그건 그저 나의 착각이었다.

바라던 꿈을 이루면 자연스럽게 새로운 꿈이 자리 잡는다. 또다시 먼발치에 있는 목표에 도달하기 위해 앞으로 나아간다. 이미 이룬 꿈은 현실이 되었기에 꿈을 달성하고 이루기까지 얼마나 힘들고 고달팠는지 쉽게 잊어버리고 만다.

대학원 시절, 나는 항상 불가능하다고 생각했던 꿈을 이뤘다. 1년 365일 중 360일, 짐보따리를 쌀까 말까 고민했던 사람이었다. 매일 밤 연못가 벤치에 앉아 '난 누군가 또 여긴 어딘가' 읊조리던 사람이었다. 끊임없이 내 능력과 역량을 의심하며 '여긴 내가 있을 곳이 아니야'라는 생각에 사로잡혀 있었다.

돌이켜보면 365일 중 보람을 느끼고 성취감을 맛보았던 날은 5일에 불과했다. 연구자는 매일 안되는 일을 하는 사람이다. 안되는 일을 되게 하는 방법을 찾는 과정이 삶이다. 그래서 1년 365일 중 기껏해야 5일 정도 기쁨을 맛본다. 나는 실험에 거듭 실패할 때면 '왜 나만 실패하는 거야' 하며 몹시 힘들어했다. 사실 그게 당연한 일이다. 실패가 아니다. 되어가는 과정에 놓여 있기 때문이다. 그렇게 서서히 한 단계씩, 미미하지만 아주 조금씩, 매일 개선되고 발전하는 것이다.

대학원 생활을 거치면서 삶을 살아가는 데 필요한 소중한 교훈들을 배울 수 있었다. 그를 통해 내면에 힘이 생겼다. 절망 속에서 묵묵히 견디는 힘, 계속 나아갈 수 있는 힘 그리고 실패 속에서 단서를 찾아 새로운 가능성을 발견해내는 힘 말이다.

수없이 좌절하고 방황했다. 실패의 늪에 빠져 허우적거리기도 했고, 더 이상 희망이 없다고, 나는 여기서 끝이라고 눈물짓기도 했다. 삶은 참 아이러니하다. 실패를 적극적으로 받아들이는 순간, 상상하지 못했던 새로운 기회가 찾아온다. 후회하고 싶지 않아 할 수 있는 만큼 최선을 다하기로 하자 불가능이 사라졌다.

이렇게 대학원 생활을 통해 알게 된 삶의 진실과 배움들은 앞으로 내가 살아가는 평생 동안 큰 힘이 되어줄 것이다. 끝이라고 생각했을 때 끝이 아니었음을, 실패가 실패가 아니었음을, 나를 온전히 받아들였을 때 새로운 가능성이 펼쳐질 수 있음을 경험으로 깨달았다. 가장 힘든 환경 속에서 눈부신 성장이 일어날 수 있었다. 그러니 잊지 않을 것이다. 매일매일이 새로운 날이고 새로운 시작이다.

대학원 생활이
내게 남겨준
것들

돌이켜보면 눈치, 체력, 실력 모두 없었던 제가 학위를 받고 무사히 졸업할 수 있었던 것은, 보이지 않게 지원해주고 지지해주었던 실험실 선후배와 동기들 덕분이었던 것 같습니다. 바쁜 와중에도 힘들게 알게 된 지식과 지혜, 노하우를 아낌없이 베풀어주셨던 실험실 선배들에게 진심으로 감사합니다.

동기들은 저만치 앞서가는데, 나만 홀로 뒤처지면 어쩌나, 두려움으로 의기소침해지기도 했지만, 곁에서 도움도, 동기부여도 많이 받았던 동기들이 참 많이 생각나고 고맙습니다. 최선을 다해서 묵묵히 자기 일을 해 나가는 동기들을 바라보며 좋은 자극도 많이 받았습니다. 끝도 없는 실수와 실패 속에서 허우적거릴 때 "언제 끝나? 효자시장에 맥주나 한잔하러 가자"

하는 말 한마디가 어찌나 고맙던지요. 그 하나로 산더미 같았던 설거지도 단박에 해치울 수 있었습니다.

실험실 사람들과 자판기 커피를 뽑아 들고 모일 때면 자주 했던 말이 있습니다.

"우리 교수님 밑에서 학위하면 이 세상 어디에 가서도 살아남을 수 있을 거야."

그 말을 곱씹으며 지금은 도저히 앞이 보이지 않고 힘들지만, 이 시간을 견뎌내자고 마음을 다잡았습니다. 이 세상 어디에 가더라도 살아남을 수 있는, 독립적인 연구자의 자생력을 기를 수 있을 거라는 희망에 불끈 힘이 솟아나기도 했습니다.

언젠가 잔뜩 주눅이 들어 있던 제게 교수님께서 "실험은 되는 방법을 찾아가는 것"이라며 격려를 해주셨던 것이 무척 기억에 남습니다. 때론 날카로운 지적으로, 때론 묵묵한 기다림으로 저를 지도해주신 교수님 덕분에 끝도 없이 이어지는 실패와 좌절 속에서도, 마른 수건에서 물 한 방울 짜내듯 다시 힘을 냈던 것 같습니다.

2년 차 때 학위과정을 포기하고 싶을 정도로 실험 슬럼프에 빠졌던 적이 있습니다. 주말만 되면 꼬박꼬박 대구 집으로 돌아오는 제가 불안해 보였는지 어느 날 엄마가 저를 포항 기숙사까지 태워다준 적이 있습니다. 기숙사 방에 들어가서 창밖을 봤는데, 한참을 기숙사 앞에 서 있다 돌아간 엄마의 모습이 지금도 기억에 남습니다.

제가 막막함에 전화를 할 때마다 "힘들면 고마 때려치우고 온나. 공부 못해도 다 먹고산다. 아무 걱정마라. 힘들 땐 똥배짱, 이거 하나만 생각해레이" 하시던 엄마의 말이 얼마나 큰 힘이 됐는지 모릅니다. 그리고 존재만으로도 든든한 동생과 "아빠는 우리 영실이 믿는다. 하는 데까지 해봐"라며 그저 믿어주신 아빠도 흔들리는 저를 지탱해주셨습니다.

낯선 포항 생활을 하면서 만난 타 실험실 고향 친구가 있습니다. 대구 사투리만 주고받아도 외국에서 한국 사람 만난 것처럼 어찌나 반갑던지요. 매사에 일희일비하지 않고, 평정심을 유지하며 대학원 생활을 해 나가는 그 친구를 참 닮고 싶었어요. 부족한 저를 있는 그대로 바라봐주며 곁에서 묵묵히 지지해주던 고향 친구, 바로 제 남편입니다. 포항 생활이 저 혼자만 힘든 것이 아니며, 자신도 앞이 캄캄할 만큼 힘든 적이 있었노라고, 그렇게 전쟁터의 동지처럼 힘이 되어준 남편 덕분에 힘든 시기를 잘 지나올 수 있었습니다.

대학원 생활은 학위를 취득하는 학문적 배움의 과정 못지않게 사회생활을 몸소 익히는 과정이기도 했습니다. 앞으로 삶을 살아가는 동안 그곳에서 배웠던 경험 하나하나가 큰 힘이 돼줄 것입니다.

지금 이 순간, 실패와 좌절을 헤쳐나가는 과정에 있는 분들 중 단 한 분에게라도 제 이야기가 바닥을 딛고 올라올 수 있는 힘이 된다면 참 좋겠습니다. 힘들 때일수록 지금 이대로 나 자신을 온전히 끌어안아주세요. 그리고 오늘 당장 할 수 있는 일을 그냥 하면 됩니다. 타인의 목소리가 아닌 내면의 목소리를 따를 때 결과에 상관없이 가슴 벅찬 희망과 용기를 선물받을 수 있습니다. 내일은 분명, 오늘보다 더 밝고 활기차게 시작할 수 있을 것입니다. 매일이, 매 순간이 새로운 시작이기 때문입니다.

세상에서 단 하나뿐인 소중한 당신, 당신의 눈부신 오늘을 응원합니다.